浮世絵宗次日月抄

汝《きみ》薫《かお》るが如《ごと》し

下

新刻改訂版

美雪《みゆき》は祖母の勧めと、祖母と親交ある奈良奉行・溝口《みぞくち》豊前守《ぶぜんのかみ》信勝《のぶかつ》の世話で、大和国に現存する壮麗な十五万石の城郭を学ぶ機会を得た。藩主と家臣の主力はちょうど江戸詰で、国家老ほか少数の家臣で守られている城郭は、人の姿目立つことなくひっそりと静まりかえっていた。写真は渡《わたり》櫓《やぐら》をのせた堂堂たる追手門である。

写真・文／編集部

追手門を潜《くぐ》った美雪は目を見張った。荒荒しい野面《のづら》積み石垣の上に美しい**多聞櫓**《たもんやぐら》がのっていた。射撃窓も銃眼も閉じられている事が時代《とき》の平和を物語っている。案内役の若手の藩中老（藩上級武士）がにこやかに語ってくれた。

「このような多聞櫓とか本格的天守閣は実は、**大和国が発祥の地**です。軍事よりも藩経営実務を、戦《いくさ》よりも茶道《ちゃどう》を得手《えて》とした**松永久秀**《まつながひさひで》なる人物が戦《いくさ》騒がしき頃、奈良佐保《さほ》丘陵・聖武《しょうむ》天皇陵の近くに多聞山城《たもんやまじょう》として築いたのが**多聞**と**天守**の始まりです」（現、奈良市多聞町。市立若草《わかくさ》中学あたり）。

「松永久秀と申さば、確か**三好三人衆**とかに与《くみ》した？……」

「左様でございます。この我が藩の城はその昔、戦《いくさ》の勝利者であった**筒井順慶**《つついじゅんけい》が、優美堅牢な多聞山城を徹底的に破壊し、その石垣を此処へ運ばせ、多聞と天守の美しさを模《も》し、**筒井城として**築いたと伝えられています」

そう言って藩中老は苦笑《にがわら》いをし、美雪も思わず微笑んだ。

「まあ、とても美しい橋でございますこと」

藩中老に本丸《ほんまる》台地まで案内された美雪は、深い堀に架かった朱塗りの橋を認めて目を細めた。平和な時代《とき》であるからか、堀の水は抜かれていた。これは油断《ゆだん》そのもの。美雪は一瞬そう思った。

「極楽橋《ごくらくばし》と申します。本丸台地に向けて傾斜《けいしゃ》を強め、敵を迎撃しやすいよう拵《こしら》えてございます」

「極楽橋……極楽いぶかしくば宇治《うじ》の御寺《おてら》を敬《うやま》へ、とはいかないものでございますねえ」

「関白《かんぱく》宇治殿（藤原頼通《ふじわらのよりみち》のこと）が極楽浄土をこの世に現出させようとして建立した平等院《びょうどういん》鳳凰堂《ほうおうどう》のことを申されているのですね……城というのは合戦に備えてのものですから」

藩中老はそう言ったあと、苦し気に付け加えた。

「水門を開けて堀へ水を満たす日がこないように……といつも願ってはいるのですが」

「まあ、これは何と……絵のような景色ですこと」

美雪は天守台を背にして眺めた景色の広がりに、自分の白い手を豊かな胸にそっと当てた。

若手の藩中老が寄り添うように美雪との間を詰めたので、離れた位置にあった美雪を警護する手練の家臣たちの目がキラリと光って険しくなった。

藩中老が指差してやさしい口調で言った。

「木立《こだち》の間から**鴟尾**《しび》（鵄尾《しび》、鮪《しび》とも）をのせた**大棟**《おおむね》が少し覗いておりましょう。あれが**梅林門**《ばいりんもん》でございます」

「梅林門？……」

「失礼……先ほどご案内した**追手門**のことです。あの追手門に横からつながっているのを大手先《おおてさき》艮《うしとら》角櫓《すみやぐら》（追手門櫓とも）と申しましてね……」

「こうして城中を歩くと学ぶことの何と多いこと……」

「あのう……彼方《かなた》に見えます飛鳥《あすか》に通じる山脈《やまなみ》。あの山脈街道《やまなみかいどう》を明日ご案内します。私、独《ひと》り身《み》で充分に時間がありますゆえ」

「え？……」

美雪のみならず、警護の家臣たちの表情が慌てた。

新刻改訂版

汝《きみ》 薫《かお》るが如《ごと》し（下）

浮世絵宗次日月抄

門田泰明

祥伝社文庫

目次

朝廷と蘇我氏の関係図

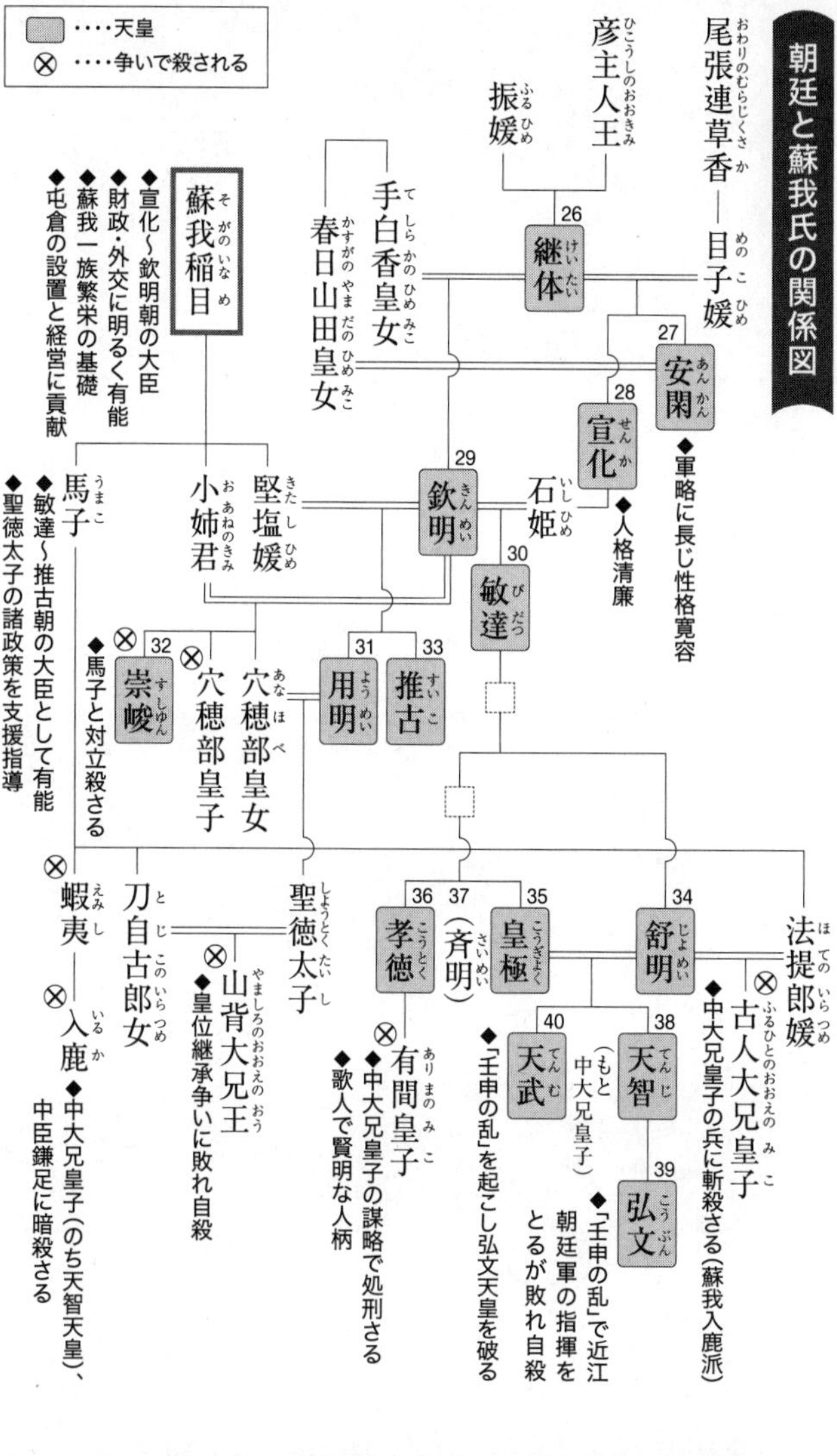

……天皇
⊗……争いで殺される
尾張連草香《おわりのむらじくさか》
目子媛《めのこひめ》
彦主人王《ひこうしのおおきみ》
振媛《ふるひめ》
26 継体《けいたい》
27 安閑《あんかん》
◆軍略に長じ性格寛容
28 宣化《せんか》
◆人格清廉
手白香皇女《てしらかのひめみこ》
春日山田皇女《かすがのやまだのひめみこ》
29 欽明《きんめい》
石姫《いしひめ》
30 敏達《びだつ》
31 用明《ようめい》
33 推古《すいこ》
32 崇峻《すしゅん》
◆馬子と対立殺さる
穴穂部皇子
穴穂部皇女《あなほべ》
蘇我稲目《そがのいなめ》
◆宣化～欽明朝の大臣
◆財政・外交に明るく有能
◆蘇我一族繁栄の基礎
◆屯倉の設置と経営に貢献
堅塩媛《きたしひめ》
小姉君《おあねのきみ》
馬子《うまこ》
◆敏達～推古朝の大臣として有能
◆聖徳太子の諸政策を支援指導
蝦夷《えみし》
入鹿《いるか》
◆中大兄皇子(のち天智天皇)、中臣鎌足に暗殺さる
刀自古郎女《とじこのいらつめ》
聖徳太子《しょうとくたいし》
山背大兄王《やましろのおおえのおう》
◆皇位継承争いに敗れ自殺
36 孝徳《こうとく》
有間皇子《ありまのみこ》
◆中大兄皇子の謀略で処刑さる
◆歌人で賢明な人柄
35 37 皇極《こうぎょく》(斉明《さいめい》)
◆「壬申の乱」を起こし弘文天皇を破る
34 舒明《じょめい》
法提郎媛《ほてのいらつめ》
古人大兄皇子《ふるひとのおおえのみこ》
◆中大兄皇子の兵に斬殺さる(蘇我入鹿派)
40 天武《てんむ》
38 天智《てんじ》(もと中大兄皇子)
39 弘文《こうぶん》
◆「壬申の乱」で近江朝廷軍の指揮をとるが敗れ自殺

汝《きみ》薫《かお》るが如《ごと》し（下）

十四

楼門を入って西側奥の大広間に横たえられた曽雅《そが》家傭人《ようにん》の負傷者たちは下僕《げぼく》頭《がしら》の義助《ぎすけ》をはじめとする下僕や下働きの小者たち六名と女中二名の合わせて八名だった。幸《さいわ》い死者はひとりも出ていなかったが、侵入者に脇差を抜刀して真っ向から挑んだ義助だけが、左肩にかなりの深手を負って昏睡《こんすい》状態にあった。

古代武門蘇我《そが》家の血を濃く継いでいるとされる曽雅家は、徳川《とくがわ》幕府の治世下にあっては名族ではあっても、いわゆる「武家」ではなく、かといって「凡家」では決してない「無格《むかく》」の超有力家つまり「豪家《ごうか》」である。したがって、義助たち下僕は、今の世の大身《たいしん》旗本家の下級侍（足軽など）に相当する立場であると言えた。

ただ蘇我家を、古代の「武門」と見るか「貴族」と眺めるか、それとも「皇家」の外縁家《がいえんけ》として位置付けるかは、極めて微妙で難しい課題ではあった。あるいは、そのいずれにも当たる、と言えなくもないのだ。

曽雅家の傭人である下僕や女中が大広間で治療を受けているのに対して西条《さいじょう》家の家臣で、負傷した土村小矢太《つちむらこやた》と腰元の佳奈《かな》は、「雪代《ゆきよ》の間」で本格的な治療を受けていた。二人ともかなりの重傷である。

大広間でも「雪代の間」でも治療に当たっているのは、地元飛鳥《あすか》村で名医と評価されている老蘭医の尾形関庵《おがたせきあん》先生と五名の医生《いせい》たちであった。

曽雅家からの急報を受けて、月下の夜道を駆《か》け付《つ》けてくれたのである。

「これで日と共に次第に落ち着いてゆくじゃろう。縫い合わせた傷口は数日で塞《ふさ》がり出し、十日を過ぎる頃には心配なくなる。安心しなされ」

老蘭医の尾形関庵は不安そうな表情のお祖母様《ばばさま》と美雪《みゆき》にそう告げると、傍《かたわ》らの桶湯《おけゆ》で洗った手で、若い女医生《おんないせい》が差し出した手拭《てぬぐ》いを受け取った。

「ありがとう御座居ました関庵先生。このような刻限に駆け付けて下さり感謝に堪《た》えませぬ。これ、この通り御礼申し上げまする」

美雪《みゆき》は、お祖母様《ばばさま》が畳に両手をついて、その両手に額《ひたい》が触れる程に頭を下げた姿を、はじめて見たのであった。

「なあに。医者に刻限などあるものですか。それにお祖母様《ばばさま》には二十数年昔、長崎帰りの私がこの里で診療所を開くときには大層助けられました。里内外の漢方医や藩医たちの結束しての反発や抵抗を抑《おさ》えて下されたのは、お祖母様《ばばさま》じゃ。驚きました。鶴の一声じゃった。あのときの有難さ、忘れてはおりませぬよ」

「そうでしたなあ。色色と反発があったものでした」

と頷きつつ面《おもて》を上げるお祖母様《ばばさま》は、やさしい眼差《まなざ》しで関庵先生の皺深い顔を眺めた。

「それにしてもこの騒ぎ。速《すみや》かに奈良奉行所なり奈良代官所なりへ連絡せねばなりませせぬぞ」

「すでに小者を大豆山《まめやま》（奉行所位置。現、奈良女子大学）へ馬で走らせております。安全のため三人を馬三頭で」

「左様でしたか。それにしてもこの大和国《やまとのくに》で事も有ろうに曽雅家に踏み込むとは、誠にけしからん。一刻も早く賊徒が捕まることを願っておりまする」

「おそれいります」

「それじゃあ、今宵はこの辺りで引き揚げますが、向こう数日の間は、毎日診《み》に参ると致しましょう。若《も》し容態《ようだい》が急変することあらば、刻限にかかわらず御知らせ下され」

「よろしくお願い致します」

お祖母様《ばばさま》がもう一度、丁重《ていちょう》に頭を下げ、ひと呼吸おくれて美雪もそれに続いた。

お祖母様《ばばさま》と美雪の背後に控えていた四十半ばくらいに見える女中頭の布余《ふよ》が、そっと立ち上がり、一度小さくよろめいて腰低く障子に近付き、音立てぬよう静かに開いた。そして直ぐに額が畳に付くほどに平伏した。どことなく強《こわ》張《ば》った動きだった。

関庵先生が治療箱を両手に下げた女医生《おんないせい》を従えて廊下へと出ていく。

「美雪と布余《ふよ》は此処にいなされ。お祖母《ばば》は関庵先生を表門まで送ってきましょう」

お祖母様《ばばさま》は小声でそう言い、「はい」と面を上げた美雪を残して、女医生《おんないせい》のあとに続くようにして「雪代の間」を後にした。

「布余《ふよ》さん……」

まだ平伏したままの女中頭に、美雪はやわらかに声を掛けた。

面《おもて》を上げて美雪を見た布余の異様な眼差《まなざ》しに気付いて、美雪の美しい表情が曇った。

布余は表情にも眼差しにも甚だしい怯《おび》えを漂わせていた。唇を小刻みに震わせてもいる。

(無理もない……)と美雪は同情した。大和国で聞こえた「豪家」の曽雅家が何者とも知れぬ凶徒共に踏み込まれるなど、予想だにしていなかったに相違ない。

「もう大丈夫ですから、布余さん……」

別間《べつま》に宗次《そうじ》先生がいらっしゃるから、と言いたいのを途中で止めた美雪であった。

「お嬢様。どうか布余と呼び捨てにして下さいまし。さん付けなど余りにも勿《もっ》体《たい》のうございます」

「けれど……私《わたくし》の思うがままに呼ばせて下さい。宜しいですね」

美雪は怯《おび》えを消しそうにない布余に対し、労《いたわ》るように微笑《ほほえ》みかけた。

「で、でも……」

「私に恥をかかせるものではありませぬ、布余さん。それはそうと先程からの其方《そなた》の怯え様は何やら尋常《じんじょう》ではないように見えますよ。若《も》しかして、体のどこかに手傷を負うているのではありませぬか」

「いいえ。大丈夫でございます。私は臆病で卑怯者ゆえ、大丈夫でございます」

「それはどういう意味なのです？　お祖母様《ばばさま》からは、其方《そなた》は気配りが利いて肚《はら》が据わっているので、お祖父様《じいさま》付にして身の回りの世話を任せている、と聞いているのですよ」

「そ、その大旦那様《おおだんなさま》を……」

「え？」

「お年を召されてから、秋になると決まって脚腰の（神経の）痛みに悩まされていらっしゃいます大旦那様を……この布余は……」

「何を申したいのですか、布余さん。曽雅家女中の頭《かしら》に立っているのではありませぬか。震えていますね。申したいことがあらば、きちんと言葉になさい。その震えにかかわりのあることですか」

「お嬢様、どうかこの布余をお助け下さい。私は大旦那様を……大旦那様をお守りし切れませんでした」

「な、なんと……」

美雪の顔から、すうっと血の気《ちけう》が失せていった。

「まさか布余さん……」

「は、はい。大旦那様は突然踏み込んで来ました白い般若面の賊徒共に、拉致《らち》されてしまいました」

そう言えば、曽雅家傭人の負傷者を多数出した「玄関の間」や台所の板の間《いたま》そして「奥の間」などを見て回った先程のこと、祖父の姿が見当たらなかった、と今になって気付いた美雪だった。

「お嬢様。どうかお許し下さい。声を……大声を張り上げようとしても怖くて声が出なかったのでございます」

「布余さんは、お祖父様《じいさま》が拉致される様子を、一部始終見ていたのですか」

「は、はい。申し訳ございません。申し訳ございません。叫べば斬るっ、と睨《にら》みつけられて頭の中が真っ白になり、体が凍ってしまいました」

「どうしてもっと早く、言って下さらなかったのです。賊徒が一人残らず消えてしまってから、もう随分になるではありませぬか」

「頭の中が……今も頭の中が真っ白でございます」

布余が両手で顔を覆《おお》って、わっと泣き出したとき、廊下を踏み鳴らして走っている、と判る足音が次第に近付いてきた。

その足音に大人の男の重さが感じられないことから、美雪は「お祖母様《ばばさま》では……」と捉《とら》えて廊下に出た。

矢張《やは》りそうであった。お祖母様《ばばさま》が廊下の柱に常夜灯として掛かっている小行灯《こあんどん》の小さな炎《ひ》を揺らしながら、薄暗い中を大変な剣幕《けんまく》で走ってきた。

「雪代の間」に隣接する部屋は静まり返っている。西条家の家臣や腰元たちは美雪の指示を受けて、大広間の負傷者の治療を手伝うために出払っていた。

「み、美雪や、大変じゃ」

美雪にまるで突進するかのようにやって来たお祖母様《ばばさま》は、そう言うなり美雪の脇を擦り抜けて「雪代の間」に飛び込んだ。

「これ、布余」

「お許し下さい。どうかお許し下さい。申し訳ありませぬ、お祖母様《ばばさま》」

「お前は何という……」

ガタガタと体を震わせている布余を睨みつけたお祖母様《ばばさま》であったが、そこで言葉を切ると、大きく息を吸い込んでみせた。自身の気持を落ち着かせようとしているのであろうか。

「お祖父《じい》が白般若共に攫《さら》われたというではないか。その様子を布余、お前は大声ひとつ張り上げることもせず、ただ黙って眺めていたというではないか。その一部始終を義助の幼孫《おさなまご》が物陰から見ていたのじゃぞ」

「恐ろしくて恐ろしくて、体が凍りついてしまいました。お祖母様《ばばさま》。どうかこの布余の命をお取り下さいませ。この命で責任を取らせて下さいませ」

「何を馬鹿なことを言うておる。もっと冷静になりなされ。冷静になって、そのときの様子をこの祖母《ばば》に詳しく話すのじゃ。お祖父《じい》は、白般若共に斬られたり殴られたりはせなんだか。どうじゃ」

「いえ、それはございません。『抵抗はせんから好きなようにしろ』と大旦那様が落ち着いた様子で仰《おつしや》いますと、白般若の内でひときわ偉丈夫《いじようふ》な者が大旦那様を背負い、あっという間に表門の方へ駆け出していったのでございます。あとに残った数人は大旦那様の居間を何やら家捜《やさが》ししておりましたけれど、その内のひとりが私に近付いて刀の切っ先を向け『若くはないがなかなかよい体をしているではないか。お前も一緒に来ぬか。拙者《せつしや》の女房にしてやるぞ』と言って私に胸元を開かせ刀の切っ先で……」

「切ったというのか」

「は、はい」

「見せなされ。早く」

「は、はい」

布余は震える手で着ている物の胸元を左右に開いてみせた。

むっちりとした膨らみを見せている右乳房の上のあたりが、ごく浅くではあったが確かに長さ七、八寸ばかり横に切られており、血が滲《にじ》んだ状態だった。が、幸いなことにほぼ乾いている。

「女性《おなご》の体に何とひどいことを。これでは気を失う程に恐ろしかったでしょうに」

美雪は布余の前に正座をすると、着物の胸元をそっと閉じてやり、肩を抱いてやった。

お祖母様《ばばさま》が眦《まなじり》を吊り上げ「おのれ悪人輩《あくにんばら》……」と呟いたあと、ギリッと歯を嚙《か》み鳴らした。

十五

月明りが差し込む離れの広縁で、座布団も敷かずに正座をして向き合っている二人の人物――男――がいた。二人の間では、秋冷えを物語るかのように、二つの湯呑《ゆの》みから白い湯気が立ちのぼっている。

座敷の女中の誰かが、たった今、運んできたものなのであろうか。二本の白い湯気には、しっかりとした濃さがあった。

二人のうち右の頰《ほお》に月明りを浴びている人物の表情は老いて、やや沈んでいいた。清貧高徳の名僧として知られている佐紀路《さきじ》の菊寺《きくでら》、海竜善寺《かいりゆうぜんじ》の百 了禅《びやくりようぜん》師《じ》である。

もう一人の物静かで端整《たんせい》な面立《おもだ》ちの人物は、浮世絵師宗次《そうじ》であった。

「それにしても大変な事になってしもうたのう。武技に秀《ひい》で書画に偉才を発揮なされ寺社建築にも熱心であられた光友《みつとも》公の命《めい》を受けて、尾張《おわり》の寺より佐紀路の海竜善寺へ入って早いものでもう二十九年じゃ。その間、曽雅家のお祖母様《ばばさま》多鶴《たづる》殿には、筆舌に尽くし難い程の御世話になった。このような時にこそ、手を差し伸べてやらねばのう」

静かにゆっくりとした口調で言い終えて、月夜の庭先へ沈んだ視線を落とす名僧百 了禅師《びやくりようぜんじ》だった。

宗次は、小さく相槌を打っただけであった。正座する右側にやや下げて、古《こ》千手院行信《せんじゆいんゆきのぶ》の大小刀を横たえている。

その大刀の切っ先は、凶徒二人の利き腕の 掌《てのひら》を真っ二つに裂《さ》いた訳だが、それについて宗次は目の前の和尚《おしよう》にまだ打ち明けてはいなかったし、自分の口から話す積もりもなかった。

「のう宗次や。明年春《みようねん》に光友公《みつとも》が海竜善寺に参られる、という報告を尾張より貰《もろ》うたゆえ、こうして其方《そなた》を江戸より招いて、海竜善寺の白襖《しろぶすま》に光友公が好まれておられる白兎《しろうさぎ》と紅葉する楓《かえで》を描いて貰う積もりじゃったが……少うし先延《さきの》ばしと致そう。どうじゃな」

「はい。私《わたくし》は一向に構いませぬ。江戸に残して参りました幾つかの絵仕事は明年夏までに仕上げれば宜しゅうございますから、この大和国《やまとのくに》には四、五か月は滞在できまする」

「おお、それは何よりじゃ。飛鳥に出向いた時はこうして必ず曽雅家を訪れるのじゃが、其方《そなた》と一緒に来てよかった。すまぬが宗次、暫《しばら》くの間、この曽雅家に止《とど》まってやってはくれぬか。お祖母様《ばばさま》へは、私からそのように申し入れるが」

「伯父上がそれを望まれるならば、従いまする」

「そうか。承知してくれるか。幸い死者が出なかった騒動であったが、其方《そなた》が拉《ら》いたがゆえ賊徒共を追い散らすことが出来たのじゃ。御当主の和右衛門《わえもん》殿が拉致《ち》されてしもうた不幸は余りにも大きいが……」

「伯父上が二十九年前に尾張《おわり》より名刹《めいさつ》海竜善寺に入られましたる際、重い病《やまい》の床にあられたという前御住職の正海《せいかい》禅師様からは、大和国《やまとのくに》の『豪家《ごうか》』として聞こえておりました曽雅家に関し、何か余程に格別なことについて語って戴いてはおられないのでしょうか」

「何も無い。私が海竜善寺に入る前後の事情とか状況についてては、大和国《やまとのくに》より江戸へ旅した二度ばかりの際に、其方《そなた》に会《お》うて話した程度のことでしかない。痛み激しい病に苦しまれる大先達、正海禅師様の介護に一生懸命じゃった。その介護のための人手について、こちらから申し入れた訳でもないのに色色と配慮して下されたのが、曽雅家のお祖母様《ばばさま》、多鶴殿じゃった」

「はい。それについて確かに伯父上から聞かされておりました」

「間《ま》もなく奈良奉行や奈良代官がこの月明りのもと駆けつけよう。それにしても驚きじゃ。お祖母様《ばばさま》からしばしば聞かされておった孫娘で幕閣ご重役西条家の姫君美雪様と宗次が、顔見知りであったとはのう。縁《えん》というのは誠にどこでつながっておるのか、判らぬものじゃ」

「私も驚きましてございます。美雪様がこの大屋敷に滞在なさっておられ、しかも曽雅家の孫娘であられたとは」

「宗次が美雪様と一体どのようなかたちの顔見知りであるのか、また別の機会にゆっくりと聞かせておくれ。宜しいな」

「いやなに。さほど大層な顔見知りという訳ではありませぬ。江戸の古刹《こさつ》で催されました茶会で、ほんの短い間、顔を合わせた程度でございまする」

表情ひとつ変えない宗次の話し様《よう》は、江戸に在《あ》る時のいつもの軽快なべらんめえ調ではなかった。それが不自然なく身に付いている侍言葉であった。しかもである。高僧百了禅師《びやくりようぜんじ》を「伯父上」と呼び、百了禅師《びやくりようぜんじ》もまた宗次の名に様、殿を付さぬ呼び捨てではないか。「宗次」と。

さらに百了禅師《びやくりようぜんじ》の口からは「尾張」及び「光友公」という二つの言葉も出ている。

では「光友公」とは、徳川御三家筆頭、尾張六十一万九千五百石（実高七十七万八千八百石）の領主、尾張中納言徳川光友を指しているのであろうか。徳川光友ならば確かに、剣は尾張柳生新陰流《やぎゆうしんかげりゆう》を極める剣客であり、また書画に通じ、寺社の創建にも熱心なことで知られている大大名だ。

「しかし……賊徒共は恐ろしい言葉を吐いたものじゃのう宗次よ。古代王朝に輝かしくつながると伝えられている曽雅家の御先祖が、六千万両相当の金塊《きんかい》を私《わたくし》したとはのう……天にも届くあの朗朗たる雷鳴の如《ごと》き賊徒の大声は、おそらく近在の民百姓の家家にまで聞こえていたことじゃろう。困ったことじゃ」

「六千万両相当の金塊という途方もない数字は、一笑に付して宜しゅうございましょう伯父上。江戸の今世《いまよ》でも、足利《あしかが》将軍家埋蔵金伝説や奥州平泉藤原家《おうしゅうひらいずみふじわら》黄金伝説、豊臣秀吉《とよとみひでよし》公天正《てんしょう》大判埋蔵伝説などが、好《す》き者《もの》の間を往《い》ったり来たり致しておりまするが、これ迄《まで》に探り当てたる者は一人としておりませぬ」

「それらの伝説の内《なか》で、額として最も多いのは、どの伝説なのじゃ」

「豊臣秀吉公天正《てんしょう》大判埋蔵伝説は二百万両とか伝えられておりまする。また奥州平泉藤原家黄金伝説で百万両相当の金塊だとか」

「う、うむ……」

「それら伝説の中で比較的信憑性《しんぴょうせい》の高いのが、秀吉公伝説二百万両ではないかと私は読んでおりまする。天下を統一した秀吉公は天正十六年（一五八八）、京《みやこ》に壮麗華美なる大邸宅『聚楽第《じゅらくだい》』を建て、後陽成《ごようぜい》天皇（在位一五八六～一六一一）

をお迎えして歓待なされ、そのあり余る権力によって佐渡《さど》相川《あいかわ》、石見《いわみ》大森《おおもり》、但《たじ》馬《ま》生野《いくの》などの鉱山より大量の金銀を収蔵し、京都の彫金家後藤徳乗《ごとうとくじょう》一派に命じて天正大判を鋳造《ちゅうぞう》させております（歴史的事実）」

「ほほう……」

「それがどれほど鋳造されたのか、何処《どこ》に収蔵されて、何に使われたのか、未だ殆《ほとん》ど判明いたしておりませぬ。ただ、様様《さまざま》な古文書等を読み解いて突き合わせた結果、二百万両という数字は頷《うなず》ける数字であると私は思うております」

「なるほど……」

「強大な権力を手に思いのまま縦横無尽《じゅうおうむじん》でありました秀吉公伝説ですら二百万両が頷ける額だとすれば、六千万両相当という数字は余りにも非現実的ではございませぬか伯父上」

「宗次の言う通りじゃ。だいいち古代王朝の時代に、六千万両を拵《こしら》えることが可能な環境が整《ととの》うていたとはとても考えられぬ」

「仰《おお》せの通りでございます。金銀鉱山もまだ開発されてはおりませぬし、多量の金塊を精錬《せいれん》して仕上げる技術も整うてはおりませぬ。またそれほど途方もない額に相当する金塊を海外から輸入したという歴史も見つかってはおりませぬ」

「だがのう、宗次や。歴史には見えぬ部分があるものじゃ。暗い闇に隠されて見えぬ部分が、必ずあるものじゃ。その六千万両相当という数字を、頭の中から一方的に消し去ってしまうのも危険ではないかのう」

「はい。仰いますること、よく判りましてございます。したがいまして伯父上……」

宗次がそこまで穏《おだ》やかな口調で言った時であった、大広間の方角から「きゃあっ」と女性《おなご》の鋭い悲鳴が聞こえてきた。続いて今度は「おわっ」と男の叫びのような悲鳴のような大声。

「宗次っ」

と驚いて膝を立てようとした百了禅師《びやくりようぜんじ》の前から、このとき宗次の姿は古千手院行信の大小刀と共にすでに消えていた。

「な、なんと……」

と、百了禅師《びやくりようぜんじ》が茫然《ぼうぜん》となる。

「隆房《たかふさ》が宗次をあれ程にまで鍛え育てあげるとはのう。育ての親隆房が凄いのか、それとも宗次の持って生まれた血が凄いのか……」

呻《うめ》くように呟いて、ようやく腰を上げた百了禅師《びやくりようぜんじ》であった。ここで禅師が口にした、育ての親隆房とは当然のこと、揚真流《ようしんりゆう》兵法の開祖としてその名も高い大剣聖、梁伊対馬守隆房《やないつしまのかみたかふさ》を指しているのであろう。

それ程の人物をまたしても百了禅師《びやくりようぜんじ》は「隆房」と、様・殿を付けずに口にした。

決して短くはない渡り廊下を宗次は一気に母屋《おもや》へ向けて走り抜けていた。そして母屋の古く壮大な御殿建築を取り囲む月下の回廊を、大広間の方向へまたたく間《ま》に姿を消したのである。

百了禅師《びやくりようぜんじ》の老いた目は、凄《すさ》まじい速さの宗次のその後ろ姿を殆ど認めることが出来ないでいた。

「疾風《かぜ》じゃ……まさに疾風《かぜ》じゃ」

あきれたように呟きを繰り返しながら、百了禅師《びやくりようぜんじ》はようやくのこと渡り廊下を渡り出した。

　このとき宗次は大広間の西側の襖障子を開けて駆け込むや、負傷して床にある者たちの足元を東側——庭先——へ向け矢のように、それこそ矢のように突き抜けていた。突き抜ける、という表現そのままの一条の閃光《せんこう》のような猛烈な速さだった。

　大広間で朱に染まって倒れている布余を抱き起こした美雪が宗次を認めて、庭の向こうの土塀を指差し「白般若がお祖母様《ばばさま》をっ」と悲痛な声で告げた。

　もう一人、下僕らしい誰かが肩口を押さえて、がっくりと片膝をついている。

「逃《のが》さぬっ」

　突風のように美雪の脇を掠《かす》め過ぎるとき宗次は、その短い言葉を言い残して月下の庭先へ飛燕《ひえん》の如く飛び出した。

　飛び出すと同時に、右の手に持ったままの古千手院行信の大小刀を帯に通すや、二十間《けん》ばかり向こうの月下に立ち塞がっている土塀を目指して、全力疾走に入った。土塀の高さは凡《およ》そ六尺か。

　閃光と化してゆく宗次。まさに光のような速さ。

これが宗次の本領であった。いかな大剣客でも宗次のこの本領を真似ることは不可能と思われた。宗次を鍛えあげた今は亡き大剣聖、梁伊対馬守隆房でさえ「宗次の足には、とうてい敵《かな》わぬ」と苦笑する程の宗次の本領だ。

その猛烈な速さは、土塀に激突し血まみれとなって粉砕するのでは、と見る者に思わせる程だった。

土塀の直前で、宗次の前傾姿勢が深く沈む。

次の瞬間、月下の虚空《こくう》に高高と舞い上がっている宗次の姿があった。

懸命に布余の血止めをする美雪は宗次のその夜蝶《やちよう》のような舞いの美しさを見られなかった。

お祖母様《ばばさま》を拉致しようとして二度目の侵入を試みた般若面に必死でしがみつき、袈裟《けさ》懸《が》けに斬られた布余だった。此度《こたび》は我が命を張った布余だ。

「関庵先生はまだ屋敷近くにいらっしゃる筈。お探しなさいっ。早く」

誰に対するでもなく、美雪の何時《いつ》にない鋭い声が飛んだ。

布余は、夥《おびただ》しい出血であった。

土塀の外へふわりと着地する直前に宗次は、月下の「曽雅の道」を相当な速さで遠ざかってゆく貫頭衣《かんとうい》に長髪の四人を、しっかりと認めていた。うち二人は明らかにお祖母様《ばばさま》ではないかと見当が付く小さな誰かを担《かつ》いでいる。あとの仲間二人に後方を守らせるかのようにして。

宗次は追った。韋駄天《いだてん》の走りだった。

みるみる双方の隔《へだ》たりが縮まってゆく。

前方の四人が立ち止まって月下に長髪を大きくひと振りし振り返った。まぎれもなく白般若共であった。うち、守りの位置にあった二人が抜刀し、宗次に向かって踵《きびす》を返した。

お祖母様《ばばさま》を抱えているとみられる二人が、「曽雅の道」の脇に聳《そび》える巨木の下を田畑に向かって右へと折れた。畦道《あぜみち》を直進した直《す》ぐ前方には、森が濃い影を落としている。

その中へ逃げ込まれたなら、いかな宗次と雖《いえど》もお祖母様《ばばさま》を探すのに苦戦せねばならない。

「行かさぬっ」

呟いて宗次も抜刀し、剛弓を撃ち放ったかのような目にも留まらぬ圧巻の走り。

迎え討つ白般若二人が一歩も退かぬ勢いで、真正面から宗次にぶつかってくる。

「くおっ」

「むんっ」

一対二、無言対気合いが遂に激突し、真昼のような月夜の中で三本の鋼《はがね》が打ち合った。ガチン、チャリンと火花と共に甲高《かんだか》い響きが夜気を裂き泣かせる。

二本の凶刀が申し合わせていたかのように宗次の右横面を攻め、左膝を激しく払った。呼吸が合った攪乱《かくらん》の攻め。

古千手院の峰が左膝を防ぐや、その刃が寸陰を置かずに反転。

右横面に食い込んだかに見えた凶刀をあざやかに弾き返した。

そして更に一歩をぐいっと踏み込む。

宗次の腰が微かな唸りを発して左へ綺麗に捩《ねじ》れた次の瞬間、古千手院の刃が相手のなんと右の腋下《わきした》へ吸い込まれるようにして滑り込んだ。

「ぎゃっ」

白般若の口から断末魔の悲鳴があがるよりも先に、肩先から断ち切られた利き腕が手に凶刀を持ったまま、皓皓《こうこう》と降り注ぐ月明りの中を舞い上がった。くるくると風車のように。

ドンッと仰向《あおむ》けに地に叩きつけられ一度弾んだ白般若の肩口から、無数の小さな赤い花びらが四散し、ひと呼吸置いてそれが噴き飛ぶ血しぶきと化した。

「おのれ」

宗次の左膝を打ち狙ってし損じた白般若が、大上段で宗次に斬り掛かった。

だが宗次はこのとき既に、畦道を目前の森へとお祖母様《ばばさま》を担《かつ》ぎ走っていた白般若二人を追っていた。

「逃げるのか」

宗次の背中へそれこそ飛びつくようにして大上段のまま力強く地を蹴った白般若であった。いや、蹴れなかった。

左膝から下が、大根を二つ斬りにしたかの如く大腿部《だいたいぶ》から離れたのだ。

「わあっ」と錯乱《さくらん》の叫びを上げて前のめりに倒れる白般若。

これこそ揚真流の「同時斬り返し」の凄みであった。宗次の左膝を狙って斬り掛かっておきながら、己《おの》れが左膝を切断されていた白般若だった。しかも、斬られたとは気付かぬ内に。

宗次が、お祖母様《ばばさま》を担《かつ》ぐ白般若二人にぐんぐんと追い付いてゆく。

「切り刻むっ」

深い前傾姿勢で炎《ひ》の如く疾走する宗次が、右手にしていた古千手院を右肩に乗せて叫んだ。弱者である老女を拉致した相手への忿怒《ふんど》満ちたる叫びであった。

白般若二人がお祖母様《ばばさま》を畦道脇の畑へ投げ捨てたのは、この時である。

直後、驚くべきことが起こった。

投げ捨てられたお祖母様《ばばさま》が、皺枯れた高齢の小柄なお祖母様《ばばさま》がすっくと立ち上がるや、腰に両手を当てて仁王立ちとなり「無礼者めがっ」と叫んだのだ。

そして更に「馬鹿者があっ」と。

夜気をびりびりとさせる鋭い叫びであった。

宗次の炎《ひ》の如き疾走が、急速に鎮まってゆく。

その口元に「さすが……」という意味に取れそうな、ひっそりとした笑みがあった。

「大丈夫でございまするか、お祖母様《ばばさま》」

宗次はゆっくりとした足取りを立ち止めて、畦道からお祖母様《ばばさま》に左手を差し伸べた。

「これは宗次先生。先生が追って来て下されましたのか。誠に面目《めんぼく》次第もありませぬ」

「脚腰ほかに痛みはありませぬか。無理に動かしてはなりませぬ」

「あ、いえ、なに。この辺りの田畑の畝《うね》は、百姓たちが上手にやわらかく耕してくれておりまするから」

そう言いながら、畝を指差すお祖母様《ばばさま》であった。

なるほど、畝のその部分がくっきりとお祖母様《ばばさま》の形を止めているかの如くに凹《へこ》んでいる。

宗次は辺りを見まわしてから――その一瞬だけ目つき鋭くなって――まだ右手にある大刀を鞘に納めた。

「さ、お祖母様《ばばさま》。背負うて差し上げまする」

宗次は畦道から畝に下りてお祖母様《ばばさま》に背中を向けた。

「滅相《めっそう》もありませぬ宗次先生。百了禅師《びゃくりようぜんじ》様の大事なお客様でもあります先生に、そのような事をして戴く訳には参りませぬし、して戴く積もりもありませぬ。どうぞ御放念くだされ。歩けまするゆえ」

「まあまあ、そう仰《おお》せにならず……」

宗次は大小刀の柄の位置を内向けに強めると、両手を後ろに回すかたちを取り苦もなくお祖母様《ばばさま》を背負った。

二人は歩きながら話し出した。

「すみませぬのう。このようなところを禅師様に見られると、お叱りを受けます」

「途中に、白般若が二人、倒れております。無残でございますゆえ、見ぬようにして下され」

「宗次先生が倒されたのですか」

「はい。已《や》むを得《え》ず身を守るために……」

「お強いのですのう先生は。町人ではのうて、お侍でいらっしゃいましょう。お言葉も町人言葉には程遠いし……」

「町人ですが、幼い頃より近くの剣術道場へ遊び半分で通うておりましたから……ですから……町人です」

「嘘《うそ》が下手な正直者ですのう先生は……じゃが、町人であろうが侍であろうが、どうでもいいことじゃ。のう、宗次先生」

「おそれ入ります」

「先生は妻子持ちですかのう」

「いいえ、独《ひと》り身でございまする。絵を描くこと以外には関心がのうて、この年になってしまいました」

「お幾つでいらっしゃる？」

「二十八……年が変われば二十九となります」

「いいお年じゃ。男にとっては実にいいお年じゃ」

と、宗次の歩みが、不意に止まった。月明りの遥か彼方《かなた》の闇を、透《す》かすようにして見つめている。

「ん？　どうなされましたのじゃ先生」

「蹄《ひづめ》の音が聞こえまする。それも一頭ではない……」

「はて？　お祖母《ばば》には聞こえませぬが」

「申し訳ありませぬが、万が一に備えて背より下りて下され」

「そうじゃの。先生の両手を塞いでしもうてはいかぬゆえ、下りましょう」

宗次はお祖母様《ばばさま》を下ろすと、外向きとなり過ぎている大小刀の鞘尻《さやじり》の向きを正し、大刀の柄の高さを少し抑えた。

その位置こそ、揚真流居合抜刀の位置であったが、むろんそうとは知らぬお祖母様《ばばさま》である。

「蹄の音、まだ聞こえませぬか、お祖母様《ばばさま》。あの方向より……」

宗次が月明りの遥か彼方の闇を指差した。

「いや、聞こえてきましたぞ先生。微かに」

「この響きは、十頭以下とは思われぬ蹄の音と思われます」

「うん？……あの蹄の音は……」

「どうなされました」

「宗次先生には判りませぬかのう。乱れ伝わってくる蹄の音の中に、ひときわ目立ちたがっているような、甲高い音が混じって《ま》いましょう」

「確かに……樵《きこり》が斧《おの》で木を打っているような」

「そうそう。あの蹄の音は間違いなく『金剛《こんごう》』じゃ」

「金剛？」

「曽雅家が、いや、このお祖母《ばば》が、名馬を育てることで知られた吉野《よしの》川の遥か上流の山険《けわ》しき里、川上《かわかみ》村柏《かしわ》木《ぎ》の小さな牧場《まきば》から半《なか》ば無理に譲って貰《もろ》うて奈良奉行に与えた馬じゃ」

「なるほど。左様でございましたか」

「その川上村柏木の近く、吉野川向こう岸の厳しい山腹に、金剛寺（実在、真言《しんごん》宗《しゅう》）という幾多の伝説が伝わる名刹がありましてな、その寺の名をありがたく馬名として戴いたのじゃ」

「お祖母様《ばばさま》。吉野川の遥か上流、川上村柏木そばの金剛寺と申さば若しや……」

宗次がそこまで言ったとき、月明りの彼方に十騎以上と思われる騎馬集団がくっきりと浮かび上がった。

「宗次先生。矢張り間違いありませせなんだ。先頭のひときわ勇壮な走りを見せている馬が、奈良奉行の金剛じゃ」

「行きましょうお祖母様《ばばさま》。歩けまするか」

「はい。歩けます」

「お手を……」

促されてお祖母様《ばばさま》は素直に右の手を差し出し、宗次に預けた。

お祖母様《ばばさま》はこのときすでに確信的に感じていた。江戸の浮世絵師宗次という
この御方《おかた》、当たり前な人ではない、と。

畦道から「曽雅の道」へと、宗次とお祖母様《ばばさま》が出たところへ、地響きを立てて騎馬集団がやってきた。

「止まれえっ」

先頭の金剛の背にある武士が右手で手綱《たづな》を引き、左手を上げた。

奈良奉行溝口《みぞぐち》豊前守《ぶぜんのかみ》信勝《のぶかつ》であった。

その直ぐ後ろに奈良代官鈴木三郎《さぶろう》九郎《くろう》の姿もあって、右脚の蹄をカッカッと打ち鳴らして息を荒らげている駿馬《しゅんめ》を「どう、どう、よしよし……」と巧みに鎮めている。

その後背に続く十数騎の中には、鉄砲を背に掛けている数人がいた。

金剛の背から奈良奉行溝口豊前守が飛び下りて、「お祖母様《ばばさま》……」と駆け寄ってきた。

「大丈夫でありますか。お怪我《けが》はありませぬか」

「ああ、この通り平気じゃ」

「お主《ぬし》は？」

溝口豊前守が怪訝《けげん》な眼差《まなざ》しを宗次に突き刺し、そして二人がつないでいる手に視線を下げた。

「この御仁《ごじん》はお祖母《ばば》の命の恩人じゃ。無礼があってはならぬ。気にせんでえぇ。それよりも溝口、この御仁に討ち倒されたあの二人を早く検分しなされ」

お祖母様《ばばさま》が十四、五間《けん》離れた所に倒れて動かぬ白般若二人の方へ、小さく顎《あご》の先を振ってみせた。

「判りました」

奉行溝口豊前守が頷いて倒れてぴくりとも動かぬ白般若二人の方へ小駆けになると、代官鈴木三郎九郎も馬上からひらりと飛び下りた。そしてお祖母様《ばばさま》に対してだけでなく、浮世絵師宗次に対しても丁重に一礼をすると、奉行の後を追った。

十六

騎馬役人たちより凡そ二刻《ふたとき》ばかり遅れて六里の道程《みちのり》を駆けつけた徒《かち》（徒歩）の捕手《とりて》や小者たちによって曽雅家の広大な敷地の要所要所が固められたのは、東の空がほんの微かに白みかけた頃だった。

とは言っても、四方を山に囲まれた大和国《やまとのくに》の秋の夜は案外に長い。

だが、曽雅家の賄処《まかないどころ》ではこの刻限、すでに台所番頭《だいどころばんとう》の指揮で飯炊《めしたき》（飯を炊く人）ほか下働きの男女が大勢、忙しそうに動き回っていた。

騎馬役人や徒《かち》の捕手《とりて》たちに、握り飯や味噌汁《みそしる》を振舞《ふるま》うためだ。

また賄処に接するかたちで設けられている二間《ふたま》続き二十畳の「出立《しゆつたつ》の間《ま》」では、百了禅師《びやくりようぜんじ》がお祖母様《ばばさま》や宗次、美雪たちに見守られるようにして、静かに朝の食事を進めていた。

曽雅家で「出立《しゆつたつ》の間《ま》」と呼ばれているこの二間続き二十畳の座敷は、曽雅家に泊まった賓客《ひんきやく》の朝発《あさだ》ちの際、朝食の間《ま》となる座敷のことだった。賄処そばにある座敷とは言え、床の間、違棚、付書院《つけしょいん》（床の間の広縁側に付けた明り窓など）をもち、櫺子《れんじ》窓、中門廊を備えた歴《れっき》とした書院風座敷である。

「御馳走《ごちそう》さま……」

百了禅師《びゃくりょうぜんじ》が穏やかに言って箸《はし》を置き、合掌した。

「お粗末様でした」

お祖母様《ばばさま》が答え、美雪が茶を淹《い》れはじめた。

「私は一度海竜善寺へ戻って残してきた幾つかの仕事をどうしても片付けねばならぬ身じゃが、出来る限り早くに戻ってくるようにしましょう。それ迄の間、宗次先生には此処《ここ》に止《とど》まって戴こうと思うのじゃ。お祖母様《ばばさま》も宗次先生も承知して下さらんかの。刃向《はむ》かう力無き僧侶の私よりも剣を少しばかり習ったという宗次先生の方が此度《こたび》のような騒動の備えとしては、遥かに役に立つじゃろうから」

宗次とは既に話し合っていた百了禅師《びゃくりょうぜんじ》であったが、敢《あ》えて二人に対し了解を求めるような言い方をした。

宗次は黙って僅かに頷き、お祖母様《ばばさま》は「異存などありませぬよ禅師様。このお祖母《ばば》を救うて下された宗次先生がこの古屋敷に居て下さるとそれはそれは心強いことじゃが、先生の御負担にはなりませぬかのう」

お祖母様《ばばさま》に不安そうな目で見つめられて、宗次は「いいえ、大丈夫です。むしろ此処に止《とど》まらせて下さい」と、はっきり口から出した。

「おお、ありがたや」とお祖母様《ばばさま》の表情が、ようやくのこと少し明るくなった。

宗次と並ぶようにして座っている美雪が、湯呑みをそっと百了禅師《びやくりようぜんじ》の前へ置いた。お祖母様《ばばさま》が宗次に救われ、白般若に斬られて重傷を負った女中頭の布余も尾形関庵先生の治療で命には別状なさそうなことから美雪の美しい表情にも落ち着きが戻っていた。

ただ、宗次が倒した白般若二人は、奉行溝口豊前守と代官鈴木三郎九郎が検分をしようとする前に舌を嚙み切って自害していた。

したがって曽雅家当主和右衛門《わえもん》が何処へ拉致《らち》されたかを追及する大事な手立《てだて》を失ったことになる。

「なぜ、このような事にのう……」

百了禅師《びゃくりょうぜんじ》が湯呑みを手に取り、呟いた。

誰も答えなかった。重苦しい雰囲気をどうしようもない四人だった。

なかでも宗次は終始寡黙《かもく》であった。少し立ち寄りたい所があるので付き合《お》うてくれぬか、と百了禅師《びゃくりょうぜんじ》に乞《こ》われて同行した宗次も、このような騒動に巻き込まれるとは予想だにしていなかった。

「のう、お祖母様《ばばさま》。長い付き合いをして下さっておるから、言葉を飾らずに言わせて貰えることじゃが……」

百了禅師《びゃくりょうぜんじ》が茶を軽く啜《すす》って、湯呑みを古い座卓の上へ静かに戻した。

「この屋敷を警護のため取り囲んでくれておる奉行所と代官所の御役人たちじゃが……いつまで警備させておきなさるのじゃ」

「禅師様は矢張りそのことを心配なされておられましたか。実はこのお祖母《ばば》もそれについて考えておりました」

「おお、それで？……」

「お祖父《じい》が拉致され、大勢の傭人や美雪の家臣たちが負傷したことについては怒りが煮《に》え繰り返っておりまするが、奉行所と代官所の御役人たちは、午前の内に引き揚げて貰おうと思うておりますのじゃ。奉行所も代官所も大和国《やまとのくに》全体に関する大切な御役目を背負うていなさるからのう。曽雅家の事だけで奉行所や代官所に負担を掛ける訳には参りませぬわ禅師様」

「よくぞ申された。曽雅家の何気ないひと言は大和国《やまとのくに》の隅隅にまで届く程じゃから、それだけに民百姓のことを常に優先して考えてやらねばなりませぬのじゃ。それを忘れて曽雅家の輝かしい伝統と威風に溺《おぼ》れたならば、これまでの曽雅家の基盤を強力に支えてきた民百姓の気持は、離れてゆきましょうぞ」

「禅師様の仰せの通り、誠に誠にその通りじゃ。このお祖母《ばば》、その大事さについては決して忘れてはおりませぬ」

「左様か。だから私は、お祖母様《ばばさま》が好きじゃ」

「女性としてですかえ？　それとも古き付き合いの友としてですかえ」

「両方じゃよ、お祖母様《ばばさま》」

「おやまあ……」

お祖母様《ばばさま》多鶴《たづる》が目を細めて相好《そうごう》を崩した。

しかし逆に、百了禅師《びゃくりょうぜんじ》の表情は沈んでいた。

「じゃが心配は心配じゃ。警備の役人たちがこの屋敷から立ち去るとなると……」

「いいえ、禅師様。あとはこのお祖母《ばば》がきちんと手を打ちまする」

「手を打つ？……何をどのように打ちなさるのじゃ」

「その詳細については申し上げる訳には参りませぬが、ともかく大丈夫です。私の命《めい》を受けて既にこの古屋敷の者が動いておりまするゆえ」

「それを聞かせては下さらぬと申されるのかな、お祖母様《ばばさま》」

「はい。いかに信頼海山よりも深く大きい禅師様に対してと雖《いえど》も、申し上げられない事の二つや三つ、この曽雅家にはございまする。お心寛《ひろ》くひとつ御容《ごよう》赦《しゃ》下さりませ」

「左様か。うむ。承知しましょう」

「それにお祖母《ばば》を救うて下された宗次先生が屋敷に残って下さるのじゃ。これほど心強いことはありませぬ」

「じゃが宗次先生の剣とて、二人三人相手ならば太刀《たち》打《う》ち出来ぬこともなかろうが、大勢を相手ともなりまするとのう……心配じゃ。のう宗次先生」

宗次は百了禅師《びゃくりょうぜんじ》の言葉に、ちらりと口元に笑みを見せたが直ぐに消した。「宗次」と呼び捨てにしていた百了禅師《びゃくりょうぜんじ》ではあったが、付き合いは殆ど無きに等しい間柄だったから、宗次の剣の実力の程は知らない。

「ところで禅師様……」

と、お祖母様多鶴《ばばさまたづる》が身を少し前に乗り出すようにして、真剣な目つきとなった。

「禅師様はこのお祖母《ばば》に、宗次先生のことを今や江戸で天下一と評価され京《みやこ》の御所様（天皇）からお声が掛かる程の浮世絵師、と紹介して下されましたな」

「はい。確かにその通りじゃが」

「美雪からもそのように聞いて、その点につきましては納得いたしております。けれども禅師様、このお祖母《ばば》には、宗次先生はただそれだけの御仁《ごじん》とはとても思われませぬのじゃ。剣を心得ておられる人品お人柄が只者《ただもの》には思われませぬのじゃ。宗次先生の真《まこと》について打ち明けて下さっておられぬ部分がお有りならば、図図《ずうずう》しくお願い申し上げます。なにとぞお聞かせ下されし」

お祖母様《ばばさま》の言葉に美雪の美しい表情が思わず硬くなった。

美雪にとっての宗次先生も、今もって知らぬ部分の多い御人《おひと》であるからだ。いわば謎《なぞ》の浮世絵の先生であり、それがゆえに、胸の内が余計に熱く波立つのだった。

「これは困った。こうなるとこの百了《びやくりよう》の問題ではなく、宗次先生ご自身が判断する問題となってきますな。どう致しますかな宗次先生」

禅師の言葉が逃げを打っている感じではなかったために、宗次は困惑《こんわく》した。いかなる場合も町人でいたい宗次だった。しかし、已《や》むを得ない状況に直面し、「只者ではない」と取られても仕方がない揚真流剣法の凄みを見せてしまっている。

「のう宗次先生。この曽雅家は大和国《やまとのくに》の単なる『豪家』ではない。古代王朝の時代、位高き執政《しつせい》の地位にあった蘇我本宗家の直系と語り継がれてきた名家じゃ。此度その曽雅家に暫く身を置かざるを得なくなった者として、宗次先生の真《まこと》の部分をお祖母様《ばばさま》に打ち明けるのも、礼儀の一つと言えなくもないような気がするのじゃが……」

礼儀の一つ、という百了禅師《びゃくりょうぜんじ》の言葉は、いささか宗次にこたえていた。

宗次は無言のまま己れの膝の上に視線を落とし、美雪もまた宗次の隣で体を硬くし、うなだれた。禅師様の今のお言葉で宗次先生はお困りになっていらっしゃる、と美雪には判った。

「宜しい。私の口から話しましょうかな。よいな宗次先生。いや、宗次よ」

百了禅師《びゃくりょうぜんじ》の「宗次よ」という意外過ぎる言葉に、お祖母様《ばばさま》の皺深い顔も美雪の端整な表情も、「え?」となった。

宗次は無言のままの静かな態度を変えなかった。涼しい視線を膝に落としたままだった。

「先ず私のことじゃがな」

と、百了禅師《びゃくりょうぜんじ》は遂に切り出した。美雪の鼓動は高まった。

お祖母様《ばばさま》は顔色さえ変えていた。大行灯の明りが、それをはっきりと判らせている。

無理もなかった。二十九年に及ぶ長い付き合いがあった百了禅師《びゃくりょうぜんじ》とお祖母様《ばばさま》ではあったが、お互いに個人的な身の上話を交わしたことは一度としてなかかった。お祖母様《ばばさま》は百 了禅師《びやくりようぜんじ》を清貧で徳高い名僧として心から尊敬し、百了《びやくりよう》禅師《ぜんじ》もまたお祖母様《ばばさま》のことを大和国《やまとのくに》の民百姓や役人・有力者が敬う豪家・曽雅家の実質的当主として眺め、親しみ信頼してきた。

言い換えれば、強い絆《きずな》ではあったが、それだけの間柄でもあった。

その裏側に隠れて窺《うかが》えなかった身性《みじよう》について、百 了禅師《びやくりようぜんじ》は今まさに切り出そうとしているのだ。

お祖母様《ばばさま》の顔色が変わるのも、無理なきことであった。

「私はのう、お祖母様《ばばさま》。徳川御三家の筆頭として知られる尾張徳川家六十一万九千五百石に仕える総目付梁伊大和守定房《やないやまとのかみさだふさ》の三人兄弟の二男として今より六十九年前に生まれましたのじゃ。そして十三の歳に自《みずか》ら望んで仏門に入りましてな」

「まあ、尾張徳川家総目付の御家柄に……」

「うむ。古代王朝の時代、尾張を押さえていたいわゆる豪族尾張氏と大和朝廷《やまと》(四世紀～七世紀の畿内《きない》大和を中心とした政権）とは深い経済的・政治的なつながりがありましたのですぞ。そのつながりの中では権力を一手にしていた蘇我本宗家の動きは相当に活発であったと思われまする。間違いなく」

「たとえばどのように……でございましょうか禅師様」

「大和朝廷から眺めた尾張の地は政治的・軍事的拠点として決して遠い国ではないことから、尾張氏をはじめとする諸豪族たちはいち早く大和朝廷の政権下に入りましたのじゃ（歴史的事実）。『組み入れられた』と申すよりは『入った』と称するところに古代大和朝廷の政権の巨大さ凄さが窺えましょう」

「自ら入った……のでございまするな」

「はい。とくに尾張氏は海産物の貢納《こうのう》（みつぐ意）を通じて大和朝廷と強く結び付き、また朝廷の海上輸送を担うなど内廷へしっかりと足場を築いて奉仕活動を力強く続けましたのじゃ」

「もしや禅師様は、その古代尾張氏と縁続きの寺院で修行なされたのではありませぬか」

「左様。時代は移り世は変わりましたが尾張徳川家の治世になっても大事とされてきた古代尾張氏の縁寺《えんでら》で修行致しました。大寺院では決してありませぬが池泉舟遊式《ちせんしゅうゆうしき》の庭がそれはそれは美しい寺でありましてな」

「では、竜頭鷁首《りゅうとうげきしゅ》を飾った小舟などが浮かべられるような？」

「まさに……」

「では平安期に入って造園されたお庭なのでございましょうね」

「寺は古いが、お庭はおそらくそうでしょう。池泉舟遊式は平安期、池泉回遊式は鎌倉室町期と伝えられておりますするからな。さすがお祖母様《ばばさま》。実によく御存知じゃ」

「古代大和政権に献身した尾張氏に縁続きの寺院で修行なされた禅師様が、大和国《やまとのくに》の海竜善寺へお越しなされたのも、目に見えぬ絆というものでございましょうのう」

「ありがたいことです。話が少うし脇へそれてしまいましたが、私の兄が継いだ尾張徳川家の総目付梁伊家も、その子供の代で嗣子《しし》（あととり）途絶《とだ》えて惜しまれつつなくなり申した」

「まあ……禅師様はさきほど三人兄弟の二男だったと申されましたが、では御三男様のお血筋にも、後継ぎとしての条件を備えた御人《おひと》はいらっしゃらなかったのですか」

お祖母様《ばばさま》と禅師との会話を、宗次と美雪は静かに黙って聞くだけであった。とくに美雪は、耳に入ってくる話に恐れさえ覚えていた。ここに座っていてよいのであろうか、自分には聞くだけの資格があるのだろうか、という自分自身に向けての恐れだった。

やさしい気立ての、美雪らしい恐れであると言えた。

百了禅師《びやくりようぜんじ》はお祖母様《ばばさま》の問いに、暫く沈黙したあと、天井を見上げひとり小さく頷いてから切り出した。ひと言ひと言が慎重だった。

「梁伊家三男の名は隆房と申しますのじゃが、この弟は幼少の頃より非常に利発でありましてな、十五歳の頃には藩校の教授より『もう教えることはない。今後は教える側に立たれよ』と申し渡され、また十七歳で尾張柳生新陰流の奥傳《おくでん》を極め、更に二十歳《はたち》で揚真流剣法を独自に編み出してその指導書『剣禅一哲《けんぜんいつてつ》』を記すなど、天賦の素質に大いに恵まれ、やがて諸国の名のある剣客《けんかく》たちから『大剣聖』と崇《あが》められる高い位《くらい》の人物となりましたのじゃ。つまり総目付梁伊家の後継《あとつ》ぎなど、この隆房にとっては誠に小さなことでありましてな」

「左様でございましたか。それに致しましても勿体《もつたい》ない」

「確かに……」

と、百了禅師《びゃくりょうぜんじ》は微かな笑みを口元に見せた。

「じゃが、隆房は『大剣聖、梁伊対馬守隆房』として既にこの世を全《まっと》うして鬼籍に入っております る。その偉大なる剣と学問の全てを義理の息子、宗次に伝授致しましてな。尤《もっと》も僧侶の私は仏の世界に余りにも長く閉《と》じ籠《こ》もって隆房との交流を疎《おろそ》かに致しておりましたからのう。大剣聖としての弟の文武が如何程のものか、またその文武を伝授されし宗次がどれほどの位《くらい》を極めておるのか、情けないことに今以《いまもっ》てよくは判りませんのじゃ」

「禅師様。いま宗次先生のことを、大剣聖隆房様の義理の息子、と仰せになられましたか」

「はい。申しましたな」

多鶴は半ば茫然として宗次の横顔を眺めた。美雪は美雪で顔を上げられなかった。うなだれて、膝の上にのせた両の掌《てのひら》に冷たい湿《しめ》りを覚えさえしていた。どこかで「ひょっとするとこの御方《おかた》は……」と怯《おび》えていたように、宗次先生は矢張り文武においても御人格においても自分などその足下《あしもと》にも近寄れない高い位にあられるご立派な御仁《おひと》であられたのだ、と絶望的になった。駿河国田《た》賀《が》藩四万石御中老家の廣澤《ひろさわ》家嫡男和之進《かずのしん》に一方的に離縁された心の傷を持つ自分が、余りにも小さく哀れに感じられた。もう宗次先生の御側《おそば》に近寄り過ぎてはならない、とも思った。

多鶴が言った。

「矢張りそうであられましたか。いかに天下一の異才をお持ちの絵師とは申せ、どうにも浮世絵師の枠《わく》に収まり切らないお人柄の輝きのようなものをこのお祖母《ばば》は感じておりましたのじゃ。で、言葉を飾らずにお訊《たず》ね致したいのじゃが、大剣聖隆房様の義理の御子息となられる迄の身性《みじょう》についてでございまするけれど……」

「それじゃがのう、お祖母様《ばばさま》……」

百了《びゃくりょう》禅師《ぜんじ》がそう語り出したとき、「いや、伯父上……」と宗次がようやくのこと真っ直ぐに禅師を見つめて首を横に振った。

「もう、そこ迄にして下され伯父上。大剣聖、従五位下対馬守梁伊隆房の弟子にして義理の息子。それで宜しいではありませぬか」

「そうか、それでよいか」

「はい。お祖母様《ばばさま》もそれでご納得下さりませ。この通り……」

宗次は多鶴に対し、姿勢正しくゆっくりとした感じで頭を下げた。

多鶴が目を細めて労《いたわ》りを込めたかのような笑みを見せつつ頷いた。

「お宜しいとも、宗次先生。でも今後はこのお祖母《ばば》の前で、町人絵師と申さぬようになさることじゃ。どの角度から眺めたご印象にも、物静かじゃが凛《りん》たる侍魂《さむらいだましい》の漂いが窺われまする。第一、淀《よど》みの無い綺麗なお侍言葉を使《つこ》うてごじゃる」

「あははは……」

やや背中を反らせ、だが穏やかに笑ったのは百了禅師《びゃくりょうぜんじ》であった。

「宗次は少し困惑した様子じゃったがのうお祖母様《ばばさま》、この私が強く言《ゆ》うて聞かせましたのじゃ。ひとたび大和国《やまとのくに》、いや、曽雅家を訪れてお祖母様《ばばさま》を前に致したならば、威勢の強い江《よ》戸のべらんめえ調は絶対に用いてはならぬ、となー」

「矢張りそのようなことが、ござりましたか。じゃが構いませぬよ宗次先生。先生のお好きなようにお話しなされ。ただ、気風《きふう》やさしく精神《こころ》の寛《ひろ》い大和国《やまとのくに》の民百姓はひょっとして、べらんめえ調には目を白黒させるかも知れませぬがな」

お祖母様《ばばさま》もそう言って、百了禅師《びやくりようぜんじ》の穏やかな笑いに付き合った。

十七

やがて朝陽《あさひ》が東の山脈《やまなみ》の上に顔を出して大和の大地に秋の陽差しが眩《まぶ》しく注ぎ始めると、騒動を知って駆け付けた近在の民百姓や年寄、町代たちで、厳重警備下にある曽雅家の内外《うちそと》は大騒ぎとなった。

それを「大事ないから」と四苦八苦して鎮め引き退がらせに掛かったのは、奈良代官鈴木三郎九郎とその配下の者たちである。

一方、広い庭の東側にある石積建築の大きな郭蔵《くるわぐら》では、朝陽が昇るのを待って三方の格子窓が一斉に開けられ、床に横たえられている骸《むくろ》二体の上に明るい光が射し込んだ。

郭蔵の壁に沿うかたちで、見るからに古いと判る槍、弓矢、刀、薙刀《なぎなた》（出現は平安期）、徒用《かちよう》（歩兵用・足軽など）の鎧《よろい》などがずらりと並んでいる。これだけを見ても曽雅家の故事来歴が判るというものであった。

「明るくなったな。では検分を始めるか」

格子窓から射し込む朝の光を体に浴びてそう言ったのは、奈良奉行溝口豊前守であった。骸の周囲《まわり》にいた役人たちが「はい」と応じる。

宗次に倒された白般若の骸《むくろ》二体は、お祖母様《ばばさま》の指示を受け奉行所捕手《とりて》たちの手で郭蔵へ運び込まれていたのだ。

秋冷えが強まっており、しかも石蔵の中はひんやりと肌寒く、したがって遺体の傷《いた》みが遅い、というお祖母様《ばばさま》の判断があったのだろう。

それに何よりも広い庭の東奥の石蔵の中なら、他人目《ひとめ》につき難《にく》い。

「先ず大小刀の拵え具合から、そして次に着ているもの、と慎重に検分してゆこう。ひとりの目ではなく幾人もの目で繰り返しな。般若面の取り外しは一番あとだ」

「判りました」

奉行と配下の役人たちが骸の周囲《まわり》に腰を下ろした。

このとき開け放たれている入口に小さな人影が立った。

「溝口、お祖母《ばば》じゃが……」

「あ、今から検分を始めまする。蔵の中が明るくなりましたゆえ」

奉行が腰を上げて、多鶴の傍《そば》へと近寄り、二人の小声の会話が始まった。

「有能なお前様のことじゃから見落としなどは出ないとは思うておるが、ひとつ確《しっか》りとな」

「心得ておりまする」

「それからのう溝口。検分に直接携《たずさ》わっておらぬ役人捕手《とりて》たちは、もう奈良町の日常の御役目へ戻しておくれでないか」

「えっ、そんな無茶なお祖母様《ばばさま》」

「お前様ならこのお祖母《ばば》があれこれ言わずとも、胸の内を判ってくれよう」

「ですがご高齢の御当主和右衛門殿が拉致されたのでありまするから、奉行所としてはこれを見て見ぬ振りなど出来ませぬ」

「これこれ。もう少し声を抑えなされ。心配は大いにしてくれてよいのじゃよ溝口。じゃがな、奉行所も代官所も大和国《やまとのくに》のものじゃ。民百姓を庇護《ひご》してやらねばならぬ公権を有する役所なのじゃ。曽雅家はそれを忘れてはいかんのじゃよ」

「う、うむ……」

「判ってくれたようじゃな」

「権力を己れが手に集中させて我《わ》が儘放題《ままほうだい》を致し、威張《いば》り散らしたり、賢《かしこ》ぶる有象無象《うぞうむぞう》が多過ぎる今世《いまよ》に於《お》いて、お祖母様《ばばさま》という御人《おひと》は何とまあ……」

と、そこで思わず視線を足もとへ落としてしまった溝口豊前守だった。

「これ。いい年齢《とし》をして涙ぐむではない。宜しいな。頼みましたぞ。お祖母《ばば》はもう少し経ってから小梅《こうめ》や美雪と共に、ちと出掛けたい所があるのでな」

「遠くでありまするか」

「なあに近場《ちかば》じゃ。ちゃんと他人目《ひとめ》も間近《まぢか》にある。大丈夫じゃ」

「充分にお気を付けなされて」

「うん。さ、涙をお拭き……」

お祖母様《ばばさま》はそう言って古着以上に古着に見える着物の袂《たもと》から小さなくしゃくしゃの手拭いを取り出すと、奉行にそれを手渡してくるりと踵《きびす》を返した。

その背に向かって奉行はもう一度言った。

「お気を付けなされて」

「よしよし……」

振り返らぬお祖母様《ばばさま》の返事であった。なんとも言えぬ「よしよし」であるなあ、と奉行溝口の心は一層のこと和《やわ》らいだ。

多鶴の足はそのまま楼門（表門）の方へと向かった。

と、向こうから急ぎ足の代官鈴木三郎九郎がやってくる。

「あ、お祖母様《ばばさま》。近隣の者たち、ようやくのこと引き揚げてくれました」

「そうかそうか。ご苦労様でしたな。ありがとう」

「今より郭蔵でお奉行の白般若の遺体検分をお手伝いせねばなりませぬ。それに致しましてもお祖母様《ばばさま》。江戸の浮世絵師の先生が白般若を倒された事には驚かざるを得ません。一体あの絵師の先生は……」

「これ、鈴木や。浮世絵師の宗次先生は、京《みやこ》の御所様（天皇）からもお声が掛かる程の御仁であり、この曽雅家の大事なお客人じゃ。じゃからのう鈴木や……」

「あ、お祖母様《ばばさま》、大変失礼申し上げました。それでは私、郭蔵へ行って参ります」

「左様か。ひとつ頼みましたぞ」

「はい」

代官鈴木三郎九郎はきちんと一礼すると、足早に多鶴の前から去っていった。

「代官もほんに頭の切れる、いい人物じゃ。一《いち》を聞いて十《じゅう》を知る、とはまさに鈴木のことじゃのう。よき侍《もののふ》じゃ」

多鶴は目を細めてそう呟くと、真顔に戻りゆったりとした足取りで楼門の方へと歩き出した。

今朝は秋冷えがかなりであったが、朝空は青青と澄み渡っていた。

「雪代の間」の広縁の前を過ぎて少し行くと、朝陽を浴びている左手の木立《こだち》の中に寄棟造茅葺《よせむねづくりかやぶき》の田舎《いなか》家風な古く小さな建物がちらちらと見え始める。

曽雅家の者が「寂心亭《せきしんてい》」と呼んでいる茶室だった。

その茶室の袖壁《そでかべ》の陰に、隠れ潜むようにして立っている身形《みなり》正しい一人の武士に気付いて、多鶴は立ち止まった。

相手も多鶴に気付いて、軽く腰を折った。

多鶴は辺りを見まわしてから、木立の中へと足早に入っていった。

武士はもう一度、今度は丁重に多鶴に対して頭を下げた。年齢《とし》は三十を出たあたりか。

腰に差し通した大小刀は、柄鞘《つかさや》ともに濃い栗肌色だった。侍の眉は細いが濃く流れ、一重《ひとえ》の目は眼《まなこ》が窺えない程に細い。唇は薄く引き締まって冗談ひとつ吐かないかのような印象だった。只者には見えない。

「早馬の連絡《つなぎ》の者から事態の大凡《おおよそ》については聞きました。大変でございましたな、お祖母様《ばばさま》」

「お祖父《じい》が拉致されてしもうたのじゃ宗春《むねはる》。早く救い出してやらねばならぬ。高齢ゆえ体に相当こたえていよう。心配じゃ」

「手の者を二十五名ばかり連れて参りました。すでに五班に分けてこの御屋敷より五つの方向へと一直線に散開させております。般若面共にどの方角へ拉致されたかを、先《ま》ず把握《はあく》せねばなりませぬゆえ」

「そうじゃな。申す通りじゃ」

「柳生藩でも選りすぐりの忍び剣士たちゆえ、すぐに何かを捉《とら》えて参りましょう。で、侵入した般若面共は何を要求したのでございまするか。御当主和右衛《わえ》門《もん》殿を拉致したということは、何かを要求しての事でございましょう。お聞かせ下され」

「六千万両相当の金塊とか申しておった」

「は？」

「ふん。宗春ほどの人物でも、我が耳を疑《うたご》うたか。じゃが真《まこと》じゃや。般若面共は、蘇我本宗家が古代王朝より掠《かす》め取《と》りし六千万両相当の金塊を寄越《よこ》せ、と喚《わめ》き立てておったわ」

「それはまた異《い》な事《こと》を。古代大和政権は、それほどの金塊を精錬する手段などまだ持っていなかった筈。だいいち金銀鉱山の開発さえ、殆ど進んでいなかった筈ではありませぬか」

「じゃが般若面共は、寄越せ、と大声で荒荒しく喚きおった。あの喚き様《よう》には何らかの根拠がある、と思《おも》うてしまう程じゃったわ」

「ふむう……」

「のう宗春や。般若面共が喚きおった六千万両相当という表現の中にある『両』という今世《いまよ》の金《かね》の単位なのじゃが……」

「お祖母様《ばばさま》が言わんとしておりまするこの宗春には判ります。徳川期の今《いま》世《よ》はともかくとして、古代の大和政権期に『両』というような単位が存在したのかどうか、という疑問でござりましょう」

「左様さ……」

「実は存在いたしておりました。文武《もんむ》天皇（天武《てんむ》十二年、六八三～慶雲《けいうん》四年、七〇七）の治世、持統太上天皇《じとうだいじょう》（太上は譲位の意）と藤原不比等《ふじわらのふひと》（大和朝廷高級官僚。中臣鎌足《なかとみのかまたり》の子）が主導して、**律**《りつ》（刑法）および**令**《りょう》（国家法）を備えた我が国はじめての法典（大宝《たいほう》律令）が作られたことは御存知でございまするな」

「その程度のことなら存じておるわ。確か大宝元年（七〇一）のことじゃ」

「さすが、大坂の高名な学者、五井持軒《ごいじけん》先生と交流厚いお祖母様《ばばさま》。よく御存知でいらっしゃる」

「これ。煽《おだ》てるでない。天狗《てんぐ》になる」

「その法典つまり大宝律令に『両』は既に登場いたしておりました（歴史的事実）」

「それはまた……いささか驚きじゃな」

「はい。『両』の原則的な意味でありまする秤量《しょうりょう》（重さ）の単位という点についても変わってはおりませぬ」

「なるほど。秤量の単位であり且《か》つ金《かね》の単位じゃな。がしかし、其方《そなた》が言《ゆ》うたように、古代大和政権には六千万両相当もの金を精錬する業《わざ》などは無いわさ」

「御意《ぎょい》」

「ともかく其方《そなた》はお祖父《じい》がどの方角へ連れ去られたか、急ぎ突き止めておくれ。このお祖母《ばば》にあれこれと今すぐに問い質《ただ》したいような怖い目つきじゃが、後まわしにしておくれ。とにかくお祖父《じい》の行方じゃ」

「承《うけたまわ》りました。それではこれで……」

「あ、待ちや宗春。お祖母《ばば》はこれから娘たちと出かける。心得ておいておくれ」

「どちらの方角へでござりまするか？」

「東じゃ。森の中へ入ってゆく」

「判りました。お気を付けなされて」

「うむ」

多鶴は頷き、宗春なる武士は「寂心亭」の裏手へ、するりといった感じで姿を消した。

「和歌や書画を愛《め》でる優美な性格じゃが、相変わらず油断の無い鋭い目つきを致しておるわ。怖い程じゃ。今は亡き祖父柳生宗矩《やぎゅうむねのり》殿や父飛騨守宗冬《むねふゆ》殿さえも敵《かな》わない剣の位《くらい》に到達しているようじゃからのう。いやはや……」

多鶴はぶつぶつと呟きながら木立から出て、楼門へ足を向けた。

いま多鶴の口から出た言葉で聞き逃せないのは、「祖父柳生宗矩」「父飛騨守宗冬」そして「宗春」であった。多鶴の表現の仕様は、宗春の方から見ての祖父宗矩であり父宗冬であったから、しからば宗春とは飛騨守宗冬の長男柳生宗春を指すことになる。

確かに柳生宗春の剣は、祖父（宗矩）にも父（宗冬）にも勝るであろうと高名な剣客たちに言われてきた事実がある。また伯父に当たる剛剣で知られた柳生十兵衛《じゆうべえ》三厳《みつよし》でさえも、宗春には遠く及ばないであろう、とさえも言われている。

ただ柳生宗矩は正保《しようほう》三年（一六四六）に、柳生十兵衛は慶安《けいあん》三年（一六五〇）に、また柳生宗冬は延宝《えんぽう》三年（一六七五）九月に、それぞれ亡くなって既にこの世の人ではない。そして柳生剣最強と陰に陽に評価されてきた柳生宗春もまた、父飛騨守宗冬が亡くなるよりも先、同じ延宝三年（一六七五）二月四日に病没している筈であった。現に柳生家第四代当主は宗冬の二男である宗在《むねあり》（宗春の弟）が引き継いでいる。

では、その柳生宗春がなにゆえ、この現世にいるのか？　しかもお祖母様《ばばさま》の身近に……。

多鶴が楼門の手前まで来てみると、代官所の役人捕手たちに周囲《まわり》を守られるようにして美雪と小梅《こうめ》（美雪の母雪代の姉）が待っていた。

今朝の小梅は、地味な色であるが、準正装だった。

楼門の外側では、小梅の婿比古二郎《むこひこじろう》や六尺棒を手の下僕たち、そして戸端忠寛《とばたただひろ》、山浦涼之助《やまうらりようのすけ》ら西条家の家臣たちが厳しい表情で辺りを見まわしている。

「待たせたかのう美雪や。すまぬすまぬ」

「用事は片付かれたのでございまするか、お祖母様《ばばさま》」

「終わった終わった。さ、出掛けようかの」

「あの、お祖母様《ばばさま》……」

「なんじゃな」

「本当にお祖母様《ばばさま》と小梅伯母様と私《わたくし》の三人だけで出掛けるのでございましょうか」

美雪はやや不安そうに眉をひそめた。

「三人だけで出掛けるのじゃ。三人だけでなければならぬのじゃ」

「どうしても三人だけ……で?」

「そうじゃ。三人だけでじゃ。心配ない。心配ない。近場《ちかば》じゃ」

多鶴は微笑んで美しい孫娘の手を取ると、小梅に小さく頷いてみせて楼門の外へと歩き出した。

周囲《まわり》の役人たちが囲みを開け、楼門の外にいる比古二郎他も、「曽雅の道」の左右へ寄って道を開け、お祖母様《ばばさま》たちが出てくるのに備えた。

「これ、比古《ひこ》や」

楼門の外に出たお祖母様《ばばさま》が、美雪の手を放して比古二郎《じろう》を手招いた。

「はい」と、比古二郎が駆け寄る。その光景はもう上級武家の当主《あるじ》と従者であったが、お祖母様《ばばさま》に全く不快感の漂いの無いのが不思議であった。一方の比古二郎の方だけが、「忠臣」の印象を強めているかに見える。

「手傷を負った者たちの面倒をしっかりと見てやっておくれ。尾形関庵先生への連絡《つなぎ》を決して怠《おこた》らぬようにしなされや」

「心得ておりまする」

「ではな……」

「はい。早いお帰りをお待ち致しております」

「なるべく、そうする積もりじゃ」

多鶴はそう言い残し、すたすたとひとり先に立って歩き出した。朝陽《あさひ》がお祖母様《ばばさま》の小さな背に当たっていた。

美雪は懐剣の柄に然《さ》り気《げ》なく右手をやって柄《つか》の角度を確認した。

隣に並ぶ伯母小梅の胸元へちらりと視線を走らせると、懐剣の柄の角度が殆ど寝てしまっている。

美雪は伯母の肩に触れるか触れないか程度に体を寄せると、「伯母上様……」とだけ囁《ささや》いて、「え？」という表情を拵えた小梅の胸元に雪肌の白い綺麗な手をそっとのばした。

懐剣の柄の角度を美雪が改めてやると、「ありがとう」と小声で微笑む小梅だった。

お祖母様《ばばさま》が先へ先へと秋の朝陽《あさひ》の中を歩いてゆく。なかなかに健脚《けんきやく》だ。見るまに二人と一人の間が開いていった。

そのお祖母様《ばばさま》が「曽雅の道」の道端に空高く聳《そび》えている葉が黄色に美しく熟した巨木の下を右に折れ、畦道《あぜみち》へ迷うことなく、さっさと入っていった。なんとそれは昨夜、お祖母様《ばばさま》を担《かつ》いだ白般若二人が、宗次に追われて駆け込んだあの畦道ではないか。

その畦道を、恐れる様子も無く進んでゆく小柄で足早な多鶴であった。

「少し間を縮めましょうか」

「はい、伯母上様」

小梅に促されて美雪は頷いた。

黄色い秋の色に葉が熟し、幹が真っ直ぐで樹皮《じゅひ》が灰白色な巨木――橅《ぶな》――の下を、小梅と美雪は右に折れて多鶴の後を急いだ。

畦道の彼方、真正面にはこんもりとした森が横たわっている。

美雪は歩みを緩めず、ひっそりとした声で小梅に訊ねた。

「伯母上様は、お祖母様《ばばさま》がこれから行こうとなさっている所を、ご存知なのでございますか」

「いいえ。知りませぬ。それに、真正面に横たわっているあの深い森へは、決して踏み込んではならぬ、と幼い頃から母（お祖母様《ばばさま》）に厳しく言われてきましたから」

「まあ……厳しくでございますか」

「はい。理由は判りませぬが、曽雅家に於ける母の言葉は絶対ですから」

美雪は何故《なぜ》か、ぞくりとするものを背筋に感じた。

何事か不吉な事態が待ち構えていそうな、うすら寒いものが喉元にふわっと触れたような気がした。

烏《からす》の鳴き声が、いやにやかましい……。

十八

それは確かに人が立ち入るのを拒むかのような印象の緑濃い森だった。所《ところ》所《どころ》に東西南北への枝道を、指を広げたように四方へ向けて持つ不可解な森でもあった。はじめの内は辛《かろ》うじて木洩日《こもれび》が落ちてくる程度の枝枝が重なり合う暗い森であったが、暫く歩き続けると次第に明るさが増し、やがて不意に紅葉樹林と化して錦秋《きんしゅう》の陽が差し込むや、三人の女性《おんな》の肌が秋色に染まった。

三人はお祖母様《ばばさま》を先頭に立て、美雪と小梅は肩を並べてその後に従い黙黙と歩いた。迂闊《うかつ》には語り合えないような重い雰囲気が、お祖母様《ばばさま》の背中から漂っていた。

錦秋色の木《こ》の葉《は》を鳴らすそよとした風もなく、小鳥の鳴き声ひとつ聞こえてこない深閑とした森だった。

「なんだか怖い森……まるで人を迷わせるような枝道《えだみち》がわざとらしく造られて

いたりして」

小梅が美雪に肩を寄せてきて、お祖母様《ばばさま》の背中を見つめながら用心深く囁いた。

美雪は口元にちょっと笑みを見せて、小梅の背中を「大丈夫ですよ」といった感じで軽く二、三度撫でてやった。小梅の感じている不安が、自分の不安でもあることを理解している美雪である。一方で、その不安と背中合わせに大きな安心をも覚えている美雪だった。その安心が、この大和国《やまとのくに》の空の下、それも自分の身近な所に宗次先生が「確かにいらっしゃる」という事実から来ていることを美雪ははっきりと自覚していた。しかもである。稀代《きだい》の大剣聖で揚真《ようしん》流《りゅう》兵法の開祖従五位下梁伊対馬守隆房の義理の子息《しそく》として宗次が「揚真流兵法と学問の全て」を義父（梁伊対馬守）から伝授されていると知ってしまった美雪である。これは美雪にとって当然のこと大衝撃だった。

（宗次先生は、矢張り私《わたくし》など足元へもお近付き出来ない大変な御人《おひと》であられた）

婚家――地方譜代《ふだい》の藩の名家――から一方的に離縁された引け目が決して心

の内から消えることのない美雪にとって、宗次の素姓の輝かしい一面が見えたことは、かえって自信の無さと悲しみとを膨らませていた。我が身が人もうらやむ筆頭大番頭七千石大身旗本家の姫君であることなど、婚家を追われた美雪にとっては、心の傷を癒《いや》す慰《なぐさ》めにすらならなかった。むしろ大身武家の姫君であるからこそ、心の傷は反動的に大きくなっていた。

「間《ま》もなくじゃ」

三間ばかり先を行くお祖母様《ばばさま》がそう言いつつ立ち止まって振り向いたので、小梅と美雪の足も止まった。厳しいとか険《けわ》しいとか言うよりも、何故か怖い顔つきのお祖母様《ばばさま》であった。とくに目は、睨《にら》みつけるようにして美雪と小梅を見《み》据《す》えているではないか。

「は、はい、お母様《かあさま》」と小梅が硬い表情で答え、美雪は黙って頷いた。

「足の疲れは大丈夫じゃな美雪や」

「はい。大丈夫でございます」

「小梅はどうじゃ。顔に少《すこ》うし元気が無いようじゃが」

「平気でございます」

「そうか……うん」

このとき美雪は、背すじを走る冷たいものを感じた。不快でも不気味でもない、また不吉な感じでもない冷たさであった。摑《つか》みどころのない、としか言い様《よう》のない。

お祖母様《ばばさま》は体の向きを戻して再び歩き出した。

美雪が背後から見られている視線のようなものを感じたのは、この時である。

小梅はお祖母様《ばばさま》の後ろ姿を追うようにして足早に歩き出していたが、美雪は振り返って辺りを見まわした。

が、誰の姿も見当たらない。

美雪がついてこないので、小梅も足を止め振り向いた。

「どうしたのです?」という表情を拵《こしら》えて、不安そうに眉をひそめている。

「いいえ」という意思を伝えるために、美雪は静かに首を横に振って小梅に近付き肩を並べた。

紅葉樹林の前方が明るくなり出した。秋の光が燦燦《さんさん》と降り注いでいるのが判る。そう言えば赤、黄、橙色と木の葉を美しく染めている木立も、三人の頭上で間隔を広げ、雲ひとつ無い青青とした空を覗《のぞ》かせている。

「あの……お祖母様《ばばさま》」

美雪がお祖母様《ばばさま》の背に向かって声を掛けた。陰気な暗さと錦秋の明るさを併せ持つ不可解なこの森に入って、美雪が自分の方からお祖母様《ばばさま》に声を掛けるのは、はじめてだった。

「お祖母様《ばばさま》、この森は大層美しく紅葉しておりまするのに、落ち葉が殆ど見当たりませぬのね」

「生きているからじゃよ美雪。生きているからじゃ」

「森が生きている、ということでございましょうか」

「左様さ。この森は生きておるのじゃ。だから秋色に美しく染まっている間は一枚の葉も枝から落とすことはない」

「まあ、不思議ですこと」

「この森の紅葉樹林は、木の葉が秋の命を終えて炭色に変わってから、物悲し気にハラリハラリと静かに落ち始めるのじゃ。だから、亡くなったお祖父《じい》は、この森のことを『神炭《かみすみ》（棲み）の森』と呼んでおった」

「えっ？」

美雪だけではなかった。小梅の表情も同じように「えっ？」となっていた。

二人とも自分たちの聞き間違いか、それともお祖母様《ばばさま》の言い誤りか、と思った。

お祖母様《ばばさま》はいま確かに「……亡くなったお祖父《じい》は……」と言った筈であった。

けれども、それについてお祖母様《ばばさま》に問い直すひまなど、美雪にも小梅にも与えられなかった。

「ここじゃよ……」

と、お祖母様《ばばさま》の足が錦秋の林が切れた所で止まって目の前に手入れの行き届いた青青とした実り豊かな田畑の広がりがあった。眩しいほどに陽が降り注いでいる。

美雪も小梅もお祖母様《ばばさま》と肩を並べ、余りの明るい光景に目を細めた。ホッとしたのであろうか、小梅が小さな溜息を吐く。

けれども美雪の美しい表情は、小梅の溜息の直後に硬くなっていた。いつもの美雪であったなら、錦繍《きんしゅう》を織りなすこの季節、大和国《やまとのくに》の田畑を青青と実らせる野菜は何であろうか、と考えたに相違ない。

それを忘れさせる光景の異様さに、美雪は直《す》ぐ様気付《さまきづ》いたのであった。このあたり、小梅とは違ってさすが幕府筆頭大番頭の姫君であると言えた。

その光景の異様さとは一体。

緑豊かな田畑の広がりは、緻密《ちみつ》に測定して造成されたかのような綺麗な半円状――広大な――を呈していたのである。その半円状の田畑をまるでがっちりと守護するかのようにして高さ五、六尺程度の低い堤が築かれ、その外側を色あざやかな錦秋の紅葉樹林が取り囲んでいたのだ。それだけではない。いま曽雅家の二人の女性《にょしょう》と大身旗本家の姫君の合わせて三人は、その半円状の底辺に当たる中央あたりに佇んでおり、そこから一直線に田畑を割るようにして石畳の道が前方へと延びていた。

その長さを美雪は、凡そ三町《ちょう》程度か（三百メートル余）と読んだ。

これも、七千石大身旗本家の整然と区割りされた広大な屋敷で生活しているからこそ可能な、目測であるのだろう。

「ついておいで……」

お祖母様《ばばさま》はそう言って、両手を後ろ腰で組むと、石畳の道を歩き出し、そして思い出したかのように「この道もな、『曽雅の道』と言うのじゃよ」と付け加えた。

小梅は驚きの表情で美雪と目を見合わせたが、しかし美雪はこのとき既に「ひょっとして……」という思いを働かせていたから、「ああ、矢張り……」という小さな頷きを小梅に返しただけである。

それよりも美雪が気になっていたのは、石畳の凡そ三町先に行く手を阻《はば》むかのようにして両手を広げている感じの豪壮な白い土塀だった。純白と言ってよいその力強く美しい土塀は、凡そ三町という隔《へだ》たりを頭に入れて眺めたとしても、相当に常識外れな長さだと判る。

「美雪や。正面の真っ白な土塀が気になるかのう」

お祖母様《ばばさま》が、不意に美雪の胸中を見透かしたようにして訊ねた。

「はい、気になりまするお祖母様《ばばさま》。この『曽雅の道』も大変な長さですけれど、正面の白い土塀も劣らぬ程に長いのではありませぬか」

「土塀の長さは縦《たて》が三町半で横《よこ》が二町半じゃ。いま見えている部分は、その横の辺に当たる。高さは一律に七尺で塀の上端には鋭い忍び返しが付いておる。ここからは遠くてそうとは判らぬじゃろうが、土塀は長短の四辺によってつまり矩形《くけい》（長方形）が描かれておってな」

「まあ……三町半に二町半四方とはまた大変な広さを囲んでいることになりまするけれど、でも土塀の内側に建物の屋根が覗いてはおりませぬようですし、それに門らしき構造物も見当たりませぬ。本来ならば、この『曽雅の道』が尽きる真正面に表門なりを拵えるのが土塀造りの基本ではございませぬでしょうか」

「うむうむ、門は確かに拵えてはおらぬがな美雪や、白い土塀に溶け込ませるようにして白い木戸を拵えてあるのじゃ。小さく目立たぬようにの」

「それに致しましても、土塀の中には、一体何があるのでございますか、お祖母様《ばばさま》」

「城《しろ》と忠誠《ちゅうせい》極まりない将兵たちじゃ」

「え？」

「驚くでない。聞き間違いでもない。城と兵が存在するのじゃ。曽雅家の実質的な当主としての、この祖母《ばば》の大事な大事な城と兵がな」

「私《わたくし》には意味がよく判りませぬ」

「判らんでもよいよい。白い土塀の中に入れば判る。二人とも黙ってついておいで」

「はい」

　歩き続ける三人に、お祖母様《ばばさま》の言う「城」が向こうから迫って来るかのように次第に近付いてきた。

　なるほど、白い土塀に溶け込むようにして巧みに作られている白い木戸の輪郭が、美雪と小梅にそれとなく視《み》え出した。それは土塀の長さ豪壮さに比べて余りにも小さかった。

　前もってそうと教えられていない限りは、ひと目で白い木戸を見破ることはなかなかに難《むつか》しそうだ。

　お祖母様《ばばさま》が言うその「白い木戸」の前に、三人は遂に立ち止まった。

辺りは全ての音を拒絶しているかの如く、シンと静まり返っている。

三人は誰からともなく、いま来た真っ直ぐな「曽雅の道」を振り返った。

お祖母様《ばばさま》がゆったりとした調子で切り出した。

「小梅に美雪や、よくお聞き。此処《ここ》はな、建物に喩《たと》えれば丸天井の丁度いちばん高い位置に当たるのじゃ。つまり半円状に美しく耕作されておるこの広大な田園地帯の、その半円状のいちばん高い所に、くっつくようにして土塀は造られておるのじゃ。お祖母《ばば》の言うこと、わかるかな」

美雪と小梅は黙って頷いた。小梅の表情は相変わらず不安そうだ。

美雪は何者かが田畑の其処此処《そここ》に潜んではいまいか、と目を凝《こ》らしたが余りにも広過ぎて不審者の姿を捉《とら》えることは難《むつか》しかった。

お祖母様《ばばさま》の言葉が続く。

「この実り豊かな広大な美しい田畑はな。非合法な決起軍（クーデター軍）によって古代に滅ぼされた蘇我本宗家に最後まで仕《つか》えた武勇の誉《ほま》れ高い臣姓近衛兵《おみせいこのえへい》（君主親衛隊）三十家《け》によって耕されているのじゃ」

美雪も小梅も思わず息を呑《の》んだ。とりわけ美雪は、江戸を発つ前に公儀学問所「史学館」教授から、臣姓近衛兵の勇猛果敢さやその徹底した忠誠の精神について学んできただけに、胸の内を痛いほどに緊張させた。

「古代、この半円状の広大な田畑は、蘇我軍の秘密の兵糧田畑《ひょうろうでんぱた》であったと伝えられておる。それゆえ深い森に囲まれ、外部からは窺い難い造成になっておるのじゃ。古代の森は、更に幾層倍にも深かったであろうから『隠れ田』の場所としてはまさに最適じゃのう」

　お祖母様《ばばさま》の言葉に、次次と驚かされる美雪と小梅であった。

「いいか、小梅も美雪も、ようう聞くのじゃ。過ぎし大昔、蘇我本宗家は政権の中心で余りにも大きな権力を握ったばかりに、反蘇我勢力からは逆臣だの、この大和国《やまとのくに》（日本）を外国に売り渡さんとする偽装大和民族である、などと有《あ》らぬ事《こと》をあれこれ天皇《みかど》の耳へ入れられたそうじゃ」

「まあ、偽装大和民族とは言うに事欠いて、無礼《ぶれい》にも程がありまするお母様」

　小梅がそれまでの不安の表情を消し、憤然たる口調で言った。

「ほっほっほっ、怒《おこ》るでない怒るでない小梅や。歴史的事実というものはきちんと生きておるし、今世《いまよ》の学者《せんせい》たちの公明正大な研究も随分と進んでおる」

「けれどお母様。学者《せんせい》という己れの肩書を過大評価する輩《やから》は、自分のその立場に時として甘え傲《おご》り高《たか》ぶって、誹謗《ひぼう》を専《もっぱ》らとする方向へ狂い走った歴史が事実として残ってございます。また、その狂い走るを実行することによって、謀《はかりごと》に勤《いそ》しむ第三者より多額の報酬を受け取りし歴史もはっきりと残ってございます」

「小梅や。そういう見苦《みぐる》しい輩《やから》は学者《せんせい》とは呼ばぬものじゃ」

「では、なんと？」

「ほっほっほっ、毛虫《けむし》じゃ。いずれ哀《あわ》れな死を待つ毛虫じゃ」

「毛虫……」

小梅のびっくりしたような表情に、思わずくすりと含み笑いを漏《も》らしてしまった美雪だった。

「ともかく毛虫の話なんぞは、どうでもよい。今日は小梅と美雪に見て貰わねばならぬ……いや、会《お》うて貰わねばならぬ御人《おひと》がいらっしゃるのじゃ」

「……」

美雪と小梅の呼吸《いき》が、一瞬であったが止まった。お祖母様《ばばさま》の口から出た〝会うて貰わねばならぬ御人《おひと》〟という表現の仕方への驚きの反応だった。とくに〝御人《おひと》〟という部分に対してである。

奈良奉行、奈良代官に対してすら、その名の下に「殿」「様」を付さないお祖母様《ばばさま》であった。そのお祖母様《ばばさま》が、いま目の前にいない何者かを〝御人《おひと》〟と称したのだ。

「さ、では入りましょうかのう」

お祖母様《ばばさま》が穏やかに言って、白い木戸と向き合った。

このとき美雪は、またしても背中に見つめられているような気配を感じて、しかし静かに然《さ》り気《げ》なく振り返った。

広大な美しい古代の兵糧田畑の広がりがあるだけだった。そこいら辺りに古代大和政権の武者《もののふ》の霊魂でも浮遊しているのであろうかと勝手な想像をして、美雪は姿勢をお祖母様《ばばさま》の方へと戻した。

お祖母様《ばばさま》は手元をカチャカチャと言わせていたが、美雪も小梅もその手元を遠慮を忘れて眺めるのは感心しないと判断していたから少し退がって控えた。

したがって二人には、白い木戸が音立てている原因は判らなかった。おそらく複雑な仕組のからくり錠を解いているのでは、という想像は働いたが。

そして白い木戸は、ごく微かな軋《きし》みの音を鳴らして、奥に向かって開いた。

片開きの木戸だ。

お祖母様《ばばさま》が先ず入り、続いて小梅、美雪が少し背をかがめて続いた。

三人の前には高さ六、七尺はあろうかと思われる、生垣の目隠しがあった。

白い木戸を入ってきた者に、直ぐ様に四方を見られないように、との工夫のようであった。

「祖母《ばば》についておいで」

そう言って歩き出したお祖母様多鶴《ばばさまたづる》の足元が、「曽雅の道」と同じ石畳であることに、このときになって美雪と小梅は気付いて顔を見合わせた。石畳の左右一面にびっしりと赤い実を咲き乱しているのは、万両か。

背の高い生垣は長さ半町ほど行ったところで切れ、石畳はそこで左へ曲がっている。

その位置まで来て、美雪と小梅は胸に両手を当て、立《た》ち竦《すく》んでしまった。

石畳は彼方にまで曲がることなく一直線に綺麗に延び、その道筋から八、九間《けん》退がる位置に、どれも同じ外形の小さくはない茅葺《かやぶき》の百姓家が、等間隔で道の両側に整然と立ち並んでいた。

家家は傷《いた》みなく整っており、見るからに清潔感にあふれ、それだけで人の住んでいることが判ったが、しかし静まり返って人の気配は消えている。

お祖母様《ばばさま》が、これ迄に見せたことのないような真顔を美雪と小梅に向けて言った。

「かつての臣姓近衛兵三十家の末裔《まつえい》たちが立ち並ぶ百姓家に住んでおるのじゃ。今はよく働いてくれる誠実で大人しい百姓たちじゃが、大昔はのう美雪や、一家の下にそれぞれ百名余の荒武者が従属していたらしいのじゃ。つまり三十家の差配によって、三千余名の勇猛果敢な兵が自在に動いた訳じゃ」

美雪が頷いて、囁くようにして訊ねた。

「いま此処にお住まいの人たちのお仕事は、お祖母様《ばばさま》が仰いまするこの広大な囲み――お城――の外側にある半円状の田畑を耕し管理することだけでございましょうか」

「いいや、それだけではないぞ。一番の大事はのう美雪や。祖母《ばば》にとってこの上もなく大切なこの城を守り抜いてくれる事じゃ。これから後《のち》、百年も二百年も三百年ものう」

「永遠に？……でございまするか」

「うむ。願わくばのう。ささ、行《ゆ》こうぞ。ついて参りなされ」

そう言って歩き出したお祖母様《ばばさま》多鶴の足は、先程よりもかなり速くなっていた。

美雪も小梅も、然《さ》り気《げ》なくを装いつつ、視野の端で立ち並ぶ百姓家を捉えていた。とくに美雪は、「ひょっとしてこの百姓家に住む人人は、現在《いま》も武装決起できるだけの能力を維持できているのではないか」という思いに取《と》り憑《つ》かれていた。美雪にその思いを抱かせているのは、立ち並ぶどの茅葺屋根の百姓家にも小さいながら不似合いと表現していい玄関式台を備えていることだった。下級武士の小屋敷《こやしき》に見られるような。

更に石畳の道を通る者に見られない用心深さからか、通りに面している部屋は一様に障子がかたく閉ざされ、縁側の雨戸の一部だけが遠慮がちに開け放たれている。

錦秋の季節とはいえ、百姓仕事の家が日が高い明るい内から障子《しょうじ》をかたく閉ざしている様子は、美雪には何となく不自然に見えた。ひょっとしてどの百姓家の床の間にも、大小刀が掛かっていたり、弓矢に槍、鉄砲などが立てかけてあったりするのではないか、と思った。とくに凡下《ぼんげ》の帯刀は、幕府の法で言えば、許可を得ての長旅の場合などを除き違反である（寛文八年三月、一六六八、「町人帯刀禁止令」発布。但《ただ》し博徒《ばくと》の帯刀は容易に抑え込めず）。

「お母様《かあさま》。これから何処《どちら》へ？」

小梅が老いた母親の背へ恐る恐る声を掛けた。

「だから先ほど言うたであろう。会《お》うて貰わねばならぬ御人《おひと》の所へじゃ」

「蘇我本宗家にかかわりのある御方《おかた》でございましょうか」

「そうじゃ」

「古代蘇我家はいずこよりか訪れたる偽装大和民族である、とする風説は徳川様の治世となりし現在《いま》も一部において消えておらぬような気が致してなりませぬ」

「長く続いた根強く意地悪な風説じゃったからのう。しかしこれまでの誤った

学説にしろ誹謗《ひぼう》風説にしろ徳川様の治世となってからの公明正大な研究により
その捏造点《ねつぞうてん》や矛盾点《むじゅんてん》はことごとく突き崩されてきておる。自信を持つのじゃ
小梅。蘇我一族はこの国の曙《あけぼの》（目覚《めざ》め）に力強く貢献してきた大和宗我（現、奈良
県橿原市曽我町界隈）を本貫地《ほんがんち》（発祥地）とする誇り高き純粋大和民族ぞ。色色な人人
を当然厳しく支配はしたが、蘇我一族は大王の近親に位置したる純粋大和民族
じゃ。その事実を忘れてはならぬ」
「真《まこと》でございますのね、お母様」
「真じゃ。むろん枝分《しぶん》の氏《うじ》（川辺朝臣《かわべのあそん》・高向朝臣《たかむこのあそん》など）の中には河内国石川郡《かわちのくにいしかわ》を本貫
地とする者もいるが、それらも決して偽りの大和民族ではない」
「なんとはなく安心いたしましたお母様。これまでお母様は、そういった事に
ついて余りお話し下さりませんでしたから」
「話せない苦しみがあったからじゃ。この祖母《ばば》に……」
「苦しみ？……苦しみと申されましたかお母様」
「それは、まあよいよい。間もなく判る。それよりものう小梅や、そして美雪
や。蘇我累代《るいだい》の力というのは、本当にこの国の曙《あけぼの》に全力を傾注《けいちゅう》したのじゃ

ぞ。たとえば大王家《おおきみ》の政権の安定拡大、屯倉《とんそう》（官家《みやけ》とも。国営穀物倉庫）の新増設、田令《たづかい》（屯倉の経営管理者）の役割と任命の充実、田部《たべ》（屯倉に所属する田地を耕す職業部民いわゆるプロの百姓）の精緻な戸籍制度の確立、仏教の受け入れ、そしてこの国はじめての本格的伽藍《がらん》『飛鳥寺《あすかでら》』の創建などなど、この国の政治や文化の面で実に大きくて多様な業績を残してきたのじゃ」

「まあ、お母様。ただ今の口上《こうじょう》はまるで学者先生のようでございますよ」

「ほっほっほっ、当たり前じゃよ小梅。大学者・五井持軒《ごいじけん》先生の受け売りじゃもの」

「お母様ったら……」

小梅はふふっと短く笑いはしたが、しかし美雪は笑えなかった。石畳の道の尽きる辺りが次第にはっきりとした様相を見せ始めたからだ。

真正面に小丘《しょうきゅう》を背にするかたちで墓石のようなものが二種、はっきりと認められる。あと半町ほどの隔たりを考慮すれば、二つの石柱の一つは明らかに巨大であり、もう一つは遠目にもごくありふれた普通の墓石程度か、と思われた。

小梅もようやくのこと、その二つの石柱に気付いて真顔となり、美雪の肩に軽く左の手を触れ、お祖母様《ばばさま》の背中の向こうを右の手で指差してみせた。

美雪は（ええ……）という表情で、黙って頷いてみせた。

そして、やがて二つの石柱は、美雪と小梅に衝撃の〝全貌〟を見せ始めた。

小丘を背にして巨大な方の石柱の高さは凡そ八尺以上はあろうか、幅は三尺近くもありそうで、一枚岩と呼べる厚い板状の石柱であった。石柱の表面も、また両の肩口に当たる部分も長い風雪雨にさらされてきたことを物語るかの如く崩れ気味に摩耗《まもう》していることがひと目で判った。したがって表面に刻まれている**蘇我**の大きな二文字も、読み取れはしたが相当に薄くぼやけ且《か》つ日焼けしたように、くすんでいる。

だが、**蘇我**の二文字しかないあっさりとした点が、墓石や墓誌としてはどことなく不自然だった。しかし蘇我の二文字が石板に彫られているからには、歴史的にも非常に重要な何かであるに相違ない、ように思われる。

並び立っているもう一方の石柱は何処の寺院墓地でも見られる当たり前な墓《ぼ》石《せき》と呼ばれている形状であり高さであったが、これは風雪雨での摩耗などは認められず、表面の刻み文字も容易に読み取れた。決して新しくはなかったが、よく手入れされていると判る墓石であって、墓前の一輪挿《ざし》には大きな白い花を二つ咲かせた長さ一尺ほどの小枝が供えられていた。

その上品な花の特徴から、美雪には茶の花であると直ぐに判りはしたが、それにしても茶の花にしては見事に大き過ぎる花であった。

ただ、ほのかな芳香は、まぎれもなく茶の花であると美雪には確信できた。

それにしても不可解な墓石であった。墓石に彫り刻まれているのは人名でも戒名《かいみよう》でもない。

振り仮名が付された、**汝《きみ》 薫《かお》るが如《ごと》し**、である。

いつの間にか、というよりは自然と、小梅はお祖母様《ばばさま》の右側に、美雪は左側に肩を並べて立っていた。

「きみかおるがごとし……」

美雪が澄んだ声でひっそりと読み上げると、お祖母様《ばばさま》がこっくりと頷いた。

そして、両の目尻に指先をそっと這《は》わせたではないか。

なんと、お祖母様《ばばさま》が涙を拭ったのだ。

しかし、美雪も小梅も驚きを表に露《あらわ》となすことを堪《こら》えた。

驚いてはならぬ、何か荘厳《そうごん》な空気というか気配が自分たちの周囲《まわり》に漂い出したことに気付いていた。確かに漂い出していた。

「小梅や」

「はい、お母様」

「美雪や」

「はい、お祖母様《ばばさま》」

「このお墓こそ其方《そなた》たちのお父様であり、お祖父様《じいさま》なのじゃ」

「……………」

美雪も小梅も意味が解せず、押し黙ったままお祖母様《ばばさま》の横顔を見つめた。

「祖母《ばば》は戯《たわむ》れを言うておるのではない。このお墓こそ祖母《ばば》が今も愛してやまぬ夫、和右衛門様なのじゃ。そして小梅のお父様であり、美雪のお祖父様《じいさま》なのじゃ。その魂が此処に静かに眠っておられる。若き頃、この祖母《ばば》に心から捧げてくれた『**汝《きみ》薫《かお》るが如《ごと》し**』の言葉と共にのう……」

「お祖母様《ばばさま》。まだ意味が呑み込めませぬ。もう少し詳しくお聞かせ下さりませ」

美雪はそう言うと、崩れるように墓前に額《ぬか》ずき、両手を合わせた。

小梅がそれに続いたが、両の手を合わせるのを忘れたかのように、うろたえ気味な眼差《まなざ》しを「**汝《きみ》 薫《かお》るが如《ごと》し**」へと注いだ。受けた衝撃が大き過ぎたのか目尻に小さな涙の粒を浮かべてさえいる。

立ったままの姿勢でお祖母様《ばばさま》が話し始めたので、美雪は合掌を解いた。

「小梅も美雪も誇りある曽雅家の者として、うろたえず心静かに聞いておくれ。其方《そなた》たち二人を此処へ誘《さそ》うたのは、事実を告げねばならぬ時が訪れたと判断したからじゃ。美雪は江戸へ戻ったならば、祖母《ばば》がこれから打ち明けることを、そっくりそのまま江戸の貞頼《さだより》殿（美雪の父）に打ち明けておくれ、宜《よろ》しいな」

美雪は頷いてから呼吸《いき》を止め、「はい」と声小さく答えた。胸の内で不安が雷雲《いかずちぐも》の如く激しく広がり出していた。

小梅は今にも声立てて泣き出しそうな表情であった。あれこれと連想を膨らませているのであろうか。

お祖母様《ばばさま》が深く息を吸い込んだあと、穏やかに切り出した。

「小梅の父親であり、美雪の祖父であり、そしてこの祖母《ばば》の大事な夫であった和右衛門様は、小梅が三歳、美雪の母親である雪代が生まれて、まだ間も無い頃に既《すで》に亡くなっておるのじゃ。重い病じゃった」

「お、お母様。どういう事でございますの。お父様は突如踏み込んできた恐ろしい般若面共に……」

「拉致され行方《ゆくえ》を絶っておるのは、実に長い年月に亘《わた》って和右衛門様を見事に演じ続けてくれたいわゆる……影武者じゃ。武家社会でよく言われておる影武者じゃ」

「か、影武者などと……お母様、正気で仰っておられるのですか」

小梅は、ぶるぶると体を震わせて立ち上がり、よろめいた。

「心を乱してはならぬ小梅や。大事なことを打ち明けておるのじゃ。和右衛門様は、『**汝《きみ》 薫《かお》るが如《ごと》し**』を私に捧げて下された和右衛門様は正真正銘、曽雅家の頭領であられた。決して威張ることのない地味でおとなしい御気性を貫きつつも男らしい立派な御人であられた。このお墓に眠っておられる和右衛門様こそ、正統なる曽雅家の男系当主であられたのじゃ」

「ではお母様。長い年月に亘って影武者とかを演じ続けて参られたお父様は、亡くなられた実のお父様とは似ても似つかぬ容姿《ようし》であるということなのでしょうか」

「背丈も顔立ちも真《まこと》によく似ておられる。驚く程のうり二つとまではゆかぬとも、長の病いで人と会うことを徹底して避けてこられた御当主和右衛門様が、『徐徐に健康を取り戻された』という理由で少しずつ閨《ねや》で人と会ってゆくことには、充分と耐えられる程度の『うり二つ』じゃった」

「少しずつ病室で、ということは実のお父様が亡くなられてから以降のことでございますのね、お母様」

「そうではない。御当主和右衛門様はいよいよ病が重くなるとご自分の意思で三間続きの一番奥の間《ま》へと移られ、『うり二つ』殿が廊下側の閨《ねや》で病の床に就かれたのじゃ……この祖母《ばば》以外の誰にも知られることなくのう」

「そのようなこと、不可能でございます。お母様は偽りを仰っておられます」

「不可能ではない。そして事実なのじゃ小梅。事実なのじゃ」

「不可能です。私は……私は信じませせぬ」

小梅は両手で顔を覆い、ここにきて美雪は静かにそろりと腰を上げて伯母小梅の肩を抱いてやった。

「伯母上様。お祖母様《ばばさま》のお話を最後まで聞いて差し上げねばなりませぬ。現在のお祖父様《じいさま》が『うり二つ』殿であったとしても、賊徒の手より救うてさしあげねばなりませぬ。それが人の道というものでございます」

美雪はそう言うと、お祖母様《ばばさま》の涙で潤んだ真っ赤な暗く沈んだ目を見た。お祖母様《ばばさま》の気力までをここで泣かせ、挫《くじ》けさせてはならぬと思った。

「お祖母様《ばばさま》、お教え下さりませ。『うり二つ』殿が屋敷内へ入ったことを、いえ閨《ねや》に就《つ》いたことを知る者は、病の床にあった実のお祖父様《じいさま》を除けば、お祖母様《ばばさま》だけであった、ということでございますのね」

「その通りじゃ美雪。病が長引きだすと死を覚悟されたのか、御当主和右衛門様はこの祖母《ばば》以外の誰をも病室へ入れぬようになったのじゃ。そしてある冬の朝、祖母《ばば》が薬湯を手に病室に入ってみると、御当主和右衛門様の枕元に、『うり二つ』殿が穏やかな表情で座っていたのじゃよ。これには祖母《ばば》も大変な衝撃を受けたことを、今もはっきりと覚えておる」

「実のお祖父様《じいさま》がお亡くなりになられてから、この『汝《きみ》 薫《かお》るが如《ごと》し』を建立《こんりゅう》なさるまでの手順とか作業は大変だったのではございませぬか。どうしても誰彼に気付かれてしまいましょう」

「いいや、全く誰にも気付かれなんだ。この祖母《ばば》ひとりに見守られて、御当主和右衛門様の遺体は深夜の内に病室から消えていったのじゃ。つまり祖母《ばば》が愛した夫は、確かに祖母《ばば》に看取《みと》られ、そして夜番の傭人《ようにん》にさえ気付かれることもなく屋敷から静かに去っていったのじゃ。本当に誰彼に気付かれることなくのう」

言い終えたお祖母様《ばばさま》の両の目から、大粒の涙がぽろりとこぼれ落ちた。

「誰彼に気付かれることなく御遺体を病室から屋敷の外へと移すに致しましても、かなりの人手が要《い》りましょう。それを差配したのも『うり二つ』殿でございましょうか」

「そうじゃよ美雪や。『うり二つ』殿じゃ。いや、『うり二つ』殿とその手の者たちじゃ」

「その手の者たち？……お祖母様《ばばさま》。『うり二つ』殿とは一体何者なのでございますか。出自《しゆつじ》をお聞かせ下さりませ」

「判らぬ」

「え……」

「判らぬが、想像はつく。御当主和右衛門様と繋《つな》がり深い臣姓近衛兵三十家《け》の内から出た者ではなかろうか……とな」

「臣姓近衛兵三十家《け》の内から出た者ならば、お祖母様《ばばさま》には直ぐにも『あの家の者だ』と判るのではございませぬか」

「当時の祖母《ばば》には、三十家《け》が存在する此処《ここ》へは立ち入ることが許されておらなんだ。此処に立ち入ることが出来たのは御当主の和右衛門様ただ御一人じゃった。それが曽雅家の累代《るいだい》にわたっての、いわば戒律《かいりつ》なのじゃ」

「私《わたくし》……この美雪にとっての実のお祖父様《じいさま》、いえ、御当主和右衛門様がお亡くなりになられた後は、お祖母様《ばばさま》と『うり二つ』殿が此処へ立ち入ることが出来るようになっているのでございましょうか」

「祖母《ばば》が此処への立ち入りを許されたのは、『うり二つ』殿とその手の者によって『**汝《きみ》薫《かお》るが如《ごと》し**』が建立されてからのことじゃ。そして、建立を終えてからは『うり二つ』殿は、むろんその手の者も含めて、此処へは一切《いっさい》立ち入れなくなった。絶対にのう」

「まあ……」

美雪は思わず息を呑んだ。

「それがこの祖母《ばば》と『うり二つ』殿に向けて御当主様が苦しい息の下から残された遺言《ゆいごん》であり指示であったのじゃ。『うり二つ』殿の身性《みじょう》を知っているのは、おそらく亡くなられた御当主和右衛門様だけじゃろう。その秘密を抱いたまま、わが夫和右衛門様は天上へと身罷《みまか》られたのじゃ」

「お祖母様《ばばさま》。いまふっと気付いたのですけれど、臣姓近衛兵三十家《け》は、若《も》しや三十一家《け》だったのではございませぬか。そして『うり二つ』殿の役割を負うこととなった一家《いっけ》は、その御役目ゆえにお取《と》り潰《つぶ》しになったのではございませぬか」

「この祖母《ばば》には判らぬ……判らぬよ美雪。けれど祖母《ばば》が此処へはじめて立ち入った時、一家《け》分に相当すると思われる建物の基礎石が残っておった。それはのう、ほれ、見るがよい。彼処《あそこ》に今も残っておる」

お祖母様《ばばさま》がそう言いつつ指差した方へ視線を向けた美雪の端整な表情が、「あ……」となった。確かにそれは、思いがけない程の近くにはっきりと残っているではないか。素人目《しろうとめ》で眺めても、建物の土台として据える礎石《そせき》だと判る。

「いま在《あ》る三十家《け》に対して、『うり二つ』殿の身性について問うことは叶《かな》いませぬか」

「臣姓近衛兵の輝かしい伝統を決して忘れておらぬ三十家《け》の口はそれでなくとも堅《かた》いのじゃ美雪よ。喋ってはならぬこと、漏らしてはならぬこと、などの厳しい戒律を破った家（者）は、裏切者の烙印《らくいん》を捺《お》されて、おそらく此処から追放されよう。場合によっては命を落とすことになるやも……」

「それは……そうかも知れませぬ、ね、お祖母様《ばばさま》。軽はずみな考えでございました」

「いいのじゃ。いいのじゃよ美雪」

小梅がようやく気持を鎮めたのか、涙あとの顔を母へ向けた。

「お母様……」

「ん？　なんじゃな小梅や……」

「私は心からお母様を尊敬して参りました。たった独《ひと》り常に凜《りん》として大曽雅家《だいそがけ》を守り抜いてこられたお母様が、実は心の内で大層苦しまれ、あるいはお疲れになっていらっしゃるのではないか、と心配しても参りました。私にはとても真似の出来ない、静かな一心不乱をたった一人の気力で貫いていらっしゃると、驚きの目で眺めても参りました。驚異でございました。私は耐えて堪えて頑張ってこられたお母様のことを心から誇りに思っております」

「おお……小梅や。これ迄の祖母《ばば》の生き方や考え方は全て御当主和右衛門様の厳しくもやさしい教えやお叱りによって、研《みが》かれ培《つちか》われてきたものなのじゃ」

　小柄なお祖母様《ばばさま》は、そう言いつつ自分より背丈のある小梅をひしと抱きしめた。

「美雪も、もそっと祖母《ばば》のそばに来ておくれ。そうじゃ、そうじゃ。よしよし可愛《かわゆ》いのう。遠い江戸から参ったというのに、大変な騒動に巻き込まれてしまったのう。この祖母《ばば》をどうか許しておくれ」

　お祖母様《ばばさま》多鶴は両の手で、いとおしそうに娘と孫の背中を撫《な》でてやるのであった。

　美雪は背中を撫でられながら、そっとした口ぶりで訊ねた。

「お祖母様《ばばさま》。若《も》しや曽雅家は、実のお祖父様《じいさま》が病に臥《ふ》された前後の頃から、得《え》体《たい》の知れぬ組織の威嚇《いかく》に見舞われていたのではございませぬか」

「……………」

「どうかお打ち明け下さりませ。ひょっとして御当主和右衛門お祖父様《じいさま》は、何者かに襲われ、受けたその手傷が原因《もと》で床に臥すようになったのではございませぬか」

「美雪や。たとえそれが真実であったとしても、伝統ある曽雅家の威厳《いげん》と虚栄《きょえい》のためにも、それは余《よ》の者に知られてはならぬ大事なのじゃ」

「威厳と虚栄……」

「そうじゃ。とくに古代の蘇我本宗家に比して、いまあるこの祖母《ばば》の曽雅家は伝統云云《うんぬん》を吹聴する割には、残念なことに実際の力が伴《とも》なっておらぬ。だがのう美雪や、見せかけをよく繕《つくろ》おうとするこの祖母《ばば》の血まみれの虚栄は、歴史的な伝統を守り抜く上で不可欠な要素でもあるのじゃ。祖母《ばば》が言うこの虚栄の中にはのう美雪や、喜びと悲しみ、怒りと絶望、攻《せ》めと護《まも》り、勝利と大敗、真《しん》実《じつ》と欺《ぎ》瞞《まん》、それらが堪《た》え難《がた》き涙と共に入り乱れて込められておるのじゃ」

「お祖《ば》母《ば》様《さま》……」

「判るかのう。ん？」

「はい」

「いい子じゃ、いい子じゃ。蠢《うごめ》きの中に生きてきた深い歴史の複雑な人皆《ひとみな》虚栄の心で温《あたた》かくそっと守られておるのじゃ。誰も彼ものう。それを忘れるでないぞ。それを忘れたならば、ただの傲《おご》りがあるだけじゃ」

「はい。お祖《ば》母《ば》様《さま》の今のお言葉で、この美雪、思い知らされましてございまする」

「よしよし。さ、御先祖様が眠る目の前の丘と、『**汝《きみ》　薫《かお》るが如《ごと》し**』にもう一度手を合わせてから、屋敷へ戻りましょうぞ。曽雅家の持てるもの全てを投げ出してでも、『うり二つ』殿を早く救うて差し上げねばならぬ」

　美雪は目の前の小丘を見上げながら訊ねた。

「お祖《ば》母《ば》様《さま》。この可愛い丘は墳墓つまり古墳なのでございますね」

「左様じゃ。躑躅《つつじ》（常緑低木）が密生しておるので丘の形は判り難いが、茶碗を伏せたるに似たやさしい傾斜の円錐《えんすい》の形を致しておるであろう」

「では丘の中に蘇我一族の誰の柩《ひつぎ》が納まっているのでございますの?」

「判らぬ……判らぬが亡くなられた御先代様は、大王の外戚《がいせき》に位置付けられ蘇我初期の権力者として激しく台頭した蘇我稲目《そがのいなめ》の墓であろう、と推測なさっておられた」

「なんと……悠久の昔、この大和国《やまとのくに》を睥睨《へいげい》なされし稲目様の姿形ご容貌《ようぼう》までが想像できるようでございます」

「目の前の蘇我と二文字が彫られた大きな石板の後方に石棺へと通じる横穴式石室への入口があるらしいのじゃが、今は土砂で塞がってしまっておる。しかし、このままでよいのじゃ。横穴へ踏み入ろうとする気持は持ってはならぬ。小梅も美雪もよいな」

小梅と美雪は、言われて黙って頷いた。

「御先代様がまだ御元気な頃、和右衛門様は一度だけ躑躅《つつじ》の苗《なえ》植えで丘の頂《いただき》へと連れて戴いたことがあるらしい。高さ一丈半《いちじようはん》ほど（四・五メートル程）のかわゆい丘じゃが、苗を丘裾《おかすそ》に向け植えている内に、この丘がどうやら石で組み上げられた階段丘らしい、と判ってきたそうじゃ」

「まあ……目の前のこの小さな丘が、石組の階段丘……でございますか」

「まだ確認は出来ておりませぬよ美雪。また確認する必要もない。御先祖様の御霊《みたま》は静かにそっとしておいてあげることが肝要じゃ」

「はい。私《わたくし》もそれが一番だと思いまする」

「まあ、何百年もの後《のち》、研究熱心な学者方《せんせいがた》がこの古墳を歴史を明かす目的で解体なさるかも知れぬがのう。その時は仕方ないじゃろう。さ、小梅や、美雪や、拝《おが》みましょうぞ」

お祖母様《ばばさま》がそう言い終えるのを待ち構えていたかの如く、一天にわかに掻《か》き曇《くも》り出して、うっすらとした暗さが地表を這い始めた。

三人は「**汝《きみ》 薫《かお》るが如《ごと》し**」に向かって額ずくように腰を下げ、両の手を合わせた。

このとき、音も無く、それこそ足音ひとつ立てることもなく、立ち並ぶ百姓家から、一人また一人と体格のよい男たちが石畳の通りに沿うかたちで現われ出した。誰も彼も野良着ではあったが腰の帯はやや幅広く、大小刀を差し通している。百姓が昨日今日《きのうきょう》から始めた虚栄――付け焼き刃――には見えず、明らかに戦闘能力を有する武《ぶ》の者《もの》の印象であった。老いも若きも。

その数、百余名に及ぶであろうか。

お祖母様《ばばさま》が合掌を終えて立ち上がると、三人が振り返るよりも先に、武の者たちは石畳の道に沿ってずらりと片膝をつき、軽く頭《こうべ》を下げた。

誰が命令を発した訳でもないのに、一糸《いっし》乱れぬ武の者たちの動きであった。

十九

三人が白い土塀に囲まれた広大な「城」から外に出ると、背後でカタッとからくり錠の音がした。武の者たちの誰ひとりとして土塀の外へは見送りに出なかった。まさに「城」の護りを専《もっぱ》らとする武の者たちだった。

木戸前まで見送ってくれたのは、その腰には大小刀はまだ重いのではないか、と思わせる十四、五の礼儀正しい若者だった。目をきらきらと輝かせた。

三人は小梅、お祖母様《ばばさま》、美雪の順で縦に並び、石畳の通りを前方に横たわっている美しい紅葉の森へと、やや足を急がせた。

美雪の胸の内では、複雑な思いが尾を引いていた。実のお祖父様《じいさま》が「うり二つ」殿であったなど予想だにしていない衝撃だった。しかも亡き母（雪代《ゆきよ》）さえも知らぬ数十年の長きに亘ってである。江戸へ戻ってこの事実を父貞頼の前でどのように切り出せばよいのか、容易に考えがまとまらない。

美雪は前を行くお祖母様《ばばさま》の背に気配を伝えぬよう、そっと「城」の方を振り返って小さな溜息をついた。

「其方《そなた》が悩むことはない……」

不意にお祖母様《ばばさま》が言ったので、美雪は驚いて、だがそろりと姿勢を戻した。お祖母様《ばばさま》は少し腰を屈《かが》め気味に前を向いたままだった。両の手を後ろ腰で組んでいる。

「騒ぎの何もかもが鎮まったなら、祖母《ばば》は江戸へ参る積もりじゃ。そしてのう美雪や、この祖母《ばば》の口から貞頼殿に全てを打ち明けようと思うておる。それまでは黙っていておくれ。どうじゃな」

「はい、お祖母様《ばばさま》。畏《かしこ》まりましてございまする」

「ありがとう。申し訳ないのう」

前を向いたままでお祖母様《ばばさま》が小さく頭を下げたので、美雪の瞳はみるみる潤《うる》み出した。

それからの三人は黙黙と俯《うつむ》き加減に歩いた。

日を浴びておれば極彩色《ごくさいしき》に美しい紅葉樹の森が、次第に暗さを深める曇り空の下でその美しさを既に失おうとしている。

年寄りの足にもやさしいそのなだらかな森の高さだけが、訪れた時と変わらぬ穏やかさで、三人を迎え入れようとしていた。

小梅が森の手前で歩みを少し緩めて、不安そうに空を仰いだ。

「雨になりましょうか?……」

と、美雪がお祖母様《ばばさま》の背中に訊ねた。

「いいや……」

と、お祖母様《ばばさま》が前を向いたまま首を横に振る。

「雨は降らぬ。錦秋の森を抜ける頃には空には秋の青さが戻っていよう」

「まあ。お祖母様《ばばさま》には、お天気のことが、そこまでお判りになられますの？」

「曇り雲の流れる方角が判然《はっきり》としている時だけはのう。若き御当主和右衛門様に強く乞《こ》われて曽雅家の嫁として迎え入れられるまでのこの祖母《ばば》の身は、一羽の鶏《にわとり》さえも飼う力のない貧しい貧しい百姓の一人娘じゃったので、朝の早くから日の落ちるまで、空を仰ぎ仰ぎ泥まみれとなって働いていたから天気のことはようよう読めるのじゃ」

「お百姓の家にお生まれだったのですか、お祖母様《ばばさま》は」

不思議に驚くこともなく、物静かな口調で念を押した美雪だった。

若《も》しやひょっとして、という思いが心のどこかにあったような気が、しないでもない。それよりも何よりも、農業政策——百姓の存在——なくしては、今の武家社会は根底から崩壊する、という思想を江戸「史学館」の授業によって強く自分のものとしつつある美雪だった。

しかし、立ち止まって振り向いた小梅は、母親——お祖母様《ばばさま》——の言葉に茫然としている。

「ほっほっほっ。小梅は驚いたようじゃのう。なれどこの祖母《ばば》の身は……いや、其方《そなた》を産みしこの母の身はのう、まぎれもなく貧しい百姓の出なのじゃ」

「…………」

「不服かえ小梅や。しかし祖母《ばば》は一片の誇りも失うことなく、曽雅家のため、大和国《やまとのくに》のために尽くしてきたと思うておる。偉大なる御当主であり夫であった和右衛門様のお教え通りにな」

「いいえ、お母様。私は単に驚いたに過ぎませぬ。お母様がたとえどのような家筋の娘であったにしろ、何処の出であったにしろ、この小梅のお母様に対する愛情と尊敬の気持は揺らぐことはありませぬ」

「ありがとう、ありがとう小梅や。よう言うてくれましたな。何よりの言葉じゃ。さ、早く屋敷に戻らねばならぬ。急ぎましょうぞ」

「はい」

三人は再び歩き出し、薄暗さを増しつつある錦秋の森へと入っていった。

「お祖母様《ばばさま》。御御足《おみあし》は大丈夫でございまするか」

美雪は、後ろから訊ねた。

「なあに。娘時代に百姓仕事で鍛えた体じゃ。まだまだ歩ける」

「お祖母様《ばばさま》がお生まれになった生家《さと》を、美雪は江戸へ帰るまでに訪ねてみとうございます」

「百姓家は疾《と》うの昔に消えてしもうて、もう残っておらぬ。両親《ふたおや》の体が余り丈夫でなくてのう。だから一人娘じゃったこの祖母《ばば》が田畑を一生懸命に耕したのじゃ。石ころの多い田畑でなあ。やがて両親《ふたおや》が病で亡くなったのじゃが、それでも祖母《ばば》はせっせせっせと一人で田畑を耕しておった」

「御両親のご親族様は？」

「祖母《ばば》は知らぬ。なんでも両親《ふたおや》の祖父の代に、着のみ着のままで京《みやこ》方面から流れて来たらしいのじゃ。おそらく一揆《いっき》にでも加担して京《みやこ》あたりに、住んでおれなくなったのじゃろ。当時は、一揆加担者の逃亡が続発していたというから」

「苦労なされたのですね、お祖母様《ばばさま》」

「いやいや、この祖母《ばば》は大層恵まれておった。一生懸命に耕した田畑の恵みの御蔭《おかげ》で、娘一人くらいは何とか食べていけたからのう。やがて、それ以上の恵みを齎《もたら》してくれるものが目の前に現われてなあ」

「え……それは？」

「その朝、鍬《くわ》を手に畑に出向いてみると、先が双つ割れになっている長さ三、四尺ばかりの竹棒が一本畝《うね》に突き立っておった。そして、その双つ割れの先に、一枚の短冊が挟まれておったのじゃ。それはそれは見事な **汝《きみ》　薫《かお》るが如《ごと》し** の文字と共にのう」

「まあ、それではお祖母様《ばばさま》……」

「うむ。それが、その当時曽雅家の若旦那様であられた和右衛門様が、祖母《ばば》に寄越して下されたはじめての恋文、**汝《きみ》　薫《かお》るが如《ごと》し** であったのじゃ」

「びっくりなさいましたでしょうに……」

「驚いたのう。祖母《ばば》は幼い頃より両親《ふたおや》からかなり厳しく読み書き算盤《そろばん》（室町時代に出現）を習《なろ》うていたから、その短冊を苦もなく読むことが出来た。書かれてある意味も、ほんのりとじゃが判った。だから正直、驚くというよりは少しおののいたかのう」

前を行く小梅も、後ろに従う美雪も、思わず歩みを緩めた。

お祖母様《ばばさま》が今またしても予期せざることを口にしたからだ。

〝幼い頃より両親《ふたおや》から読み書き算盤を習うていた……〟が、それである。今世《いまよ》においてさえも貧しい百姓の子が読み書き算盤を身につけることは難《むつか》しい。美雪は（お祖母様《ばばさま》の御両親は事情《わけ》あって身分を落としたか失った、それなりの家格の人ではなかったか……）と想像した。

だが美雪は、それには触れずに訊ねた。

「曽雅家の若旦那様であられた私《わたくし》のお祖父様《じいさま》は、か弱い娘のお祖母様《ばばさま》がたった一人泥まみれとなって一生懸命に鍬を振るう姿を、たびたび目にしておられたのでしょうね。それが**汝《きみ》 薫《かお》るが如《ごと》し** へと次第に結び付いていったのであろうと、美雪は思いまする」

「曽雅家へ、嫁として迎えられてから判ったことじゃが、和右衛門様は毎日朝の早くに曽雅の屋敷を出ると甘樫山《あまかしのおか》の南の裾野《すその》を経て、聖徳太子《しようとくたいし》様が建立なされた橘寺《たちばなでら》へと、熱心にお参りなされていたのじゃ」

「その道の途中に、娘の頃のお祖母様《ばばさま》が泥まみれとなって耕されていた田畑があったのですね」

「祖母《ばば》は曽雅家の若旦那様に見られていたなど少しも知らなんだ。なにしろ、毎日毎日目の下にある石ころだらけの地面しか見ていなかったからのう」

「お祖母様《ばばさま》が曽雅家に入ることを、曽雅家の誰も反対することはなかったのでございましょうか」

「なかったのう。次期御当主に決まっておられた方（若旦那様）の意思決定は、絶対じゃった。それが曽雅家の戒律というものでのう。また、ご自分の意思決定に対し、他に口を挟ませぬ堂堂たる威風の御人《おひと》じゃったな」

「よかった……」

一番前を行く小梅が、呟いた。美雪は自分が呟こうとしていたことを小梅に奪われて微笑んだ。

お祖母様《ばばさま》が立ち止まり、空を仰いで「ほうら……」と指を差した。

三人の頭上で透き通った青空が広がり出し、錦繡を織りなす紅葉の森に日がまばゆく降り始め、極彩色の美が舞台の幕が開いたかの如くに、三人を一気に包んでいった。

「まあ、なんと美しい……」と、美雪は周囲を見まわした。

小梅が「あっ」と鋭い叫び声をあげたのは、まさにその時であった。

五、六歩をよろめき退がって、お祖母様《ばばさま》と肩を並べた小梅が、「お母様、あそこ……」と言った。余程にうろたえているのであろう、指差すことを忘れて、「あそこ……」に視線を釘づけにするばかりである。お祖母様《ばばさま》にくっ付け寄せた肩が、ぶるぶると震えている。

美雪はすでに、四半町《しはんちょう》（二十数メートル）先の木立の中に〝異変〟を認めて顔色を変えつつも、懐剣の柄に手をやっていた。このあたり、さすが七千石大身旗本家の息女であった。

小梅が言う「あそこ……」は丁度、錦秋の森と、鬱蒼として緑濃く暗い森との境めあたりで、その境めに沿うかたちで清い小川の流れがあり、その流れの両側一帯には――狭い範囲だが――育ちの悪い薄《すすき》が人の膝下あたりの高さで繁茂《はんも》している。

お祖母様《ばばさま》多鶴が、小梅を後ろへ押しやるようにして、自身が二、三歩ずいと前へ出た。

しかし何も言わない。無言であった。震える小梅は肩を窄《すぼ》めて固唾《かたず》を呑み、美雪は懐剣の柄を握る掌《てのひら》に冷たい汗を覚えた。けれども美雪は顔色を青ざめさせてはいたが、意外に落ち着いている自分を捉えていた。そして、その理由《わけ》も理解できていた。此処よりさほど遠くない場所にいる宗次先生に対しての、絶対的な信頼感がそれだった。

やがて濃い緑の葉をつけた小枝の折れる乾いた音が次次と起こって、遂に〝異変〟がその全貌を横列となってお祖母様《ばばさま》たち三人の前へ露《あらわ》にした。

長い乱れ髪をもつ白般若の面で顔を覆い、白い貫頭衣に大小刀を帯びた二十余名だ。

いや、中央のひとりだけが、白の貫頭衣ではあったが、黒塗りの般若面である。

たった独り黒の般若面であるということは、居並ぶ白般若どもを差配する立場にあるということか。

お祖母様《ばばさま》は無言、相手も無言で暫く奇妙な睨み合いが続いた。

（相手は、こちらを警戒している……）

と、美雪には判ってきた。宗次ひとりの剣に、手ひどく仲間を打ちのめされた不埒《ふらち》どもである。

だが、どうやら女三人だけ、と見抜いたのか黒般若が「行けっ」という感じで手を前方へと振った。ひと言も発しない。

矢張り無言の白般若どもが、清い小川に向かって用心深い様子で進み出した。

誰もが腰の刀を抜き放つ様子がない。素手のままだ。

（私《わたくし》たち三人を拉致するつもりか……）と読んだ美雪は、いつものしおらしい美雪には似合わぬ素早さで、お祖母様《ばばさま》の前へと回り込んだ。

お祖母様《ばばさま》はすでに一度、屋敷の外へと運び出されているのだ。曽雅家の思惑《おもわく》と意思を自在に牛耳《ぎゅうじ》るには、御当主和右衛門――実際は「うり二つ」殿――に加えて、お祖母様《ばばさま》を拉致すれば完璧、と不埒どもが判断しても不思議ではない。

「さがりや、下郎《げろう》っ」

白般若の三、四人が、小川の流れに足を踏み入れたとき、それを待ち構えていたのか美雪が凜《りん》とした鋭い響きのひと声を放った。

懐剣の鯉口《こいぐち》を切り、刃を一寸ばかり覗かせている。

ここにきて小梅も、ハッと気を取り戻したかのようにして、懐剣を抜き放った。

「お母様、私の後ろへ……」

震え声ではあったが、さすがに母親思いの小梅である。だが、しかし、

「この年寄り祖母《ばば》あに素顔を見せるのが怖いのか、下郎ども」

と、お祖母様《ばばさま》は、ようやく憤然として放つや、美雪の前へと回り出た。

「それでようも二刀を腰に帯びているものじゃ。般若面《はんにゃづら》とは笑わせるのう」

お祖母様《ばばさま》が続けて放った直後である。一体何があったというのか般若共が豹変《ひょうへん》の動きを見せ、小川に踏み込んでいた者どもが一斉に飛び退がって振り返り、その他の仲間たちも反射的に動きを揃えていた。つまり般若の一党どもはたった今、己れたちが出てきたばかりの緑濃い森を振り返ったということになる。

美雪はもとより、お祖母様《ばばさま》にも小梅にも、その〝豹変〟の理由《わけ》が判らなかった。決して小柄ではない屈強そうな般若どもが前を塞《ふさ》ぐかたちで横に広がっているため、振り返った森に一体何が生じたのか尚のこと判らない。

美雪は懐剣を抜き放つや、お祖母様《ばばさま》の腕を引っ張るようにして退がり出した。

「お祖母様《ばばさま》。もう四半町《ちょう》ばかり退がりましょう。急いで……」

般若どもの〝豹変〟に巻き込まれてはならぬと判断した美雪に、「そうじゃな」とお祖母様《ばばさま》が頷く。

三人は、背を向けている般若どもとの間を、なるべく足音を立てぬようにして急いで空けていった。

するとである。般若どもも何かに気圧《けお》されでもしたかのように、薄《すすき》をザザッと踏み折り鳴らして小川際まで退がったのだ。そして皆揃って腰を綺麗に下げ構えるや、遂に抜刀した。

美雪は思わず「あっ……」と声を立てるところであった。いや、美雪だけではない。お祖母様《ばばさま》と小梅の表情にも（おお……）と大きな驚きが広がっていた。

腰を下げ構えて抜刀した般若どもの向こうに、お祖母様《ばばさま》と美雪と小梅は信じられない光景を捉えて息を呑んだ。

ふらりとした感じで、全くふらりとした自然な感じで、緑濃い森の中から現われた一人の人物が、陽を浴びて極彩色に輝く大楓《おおかえで》の下にすらりと立ったのだ。

百年に一度出るか出ないかと言われている天才的浮世絵師宗次であった。

般若どもが、下げ腰のまま扇状（半円状）の陣を描いて大楓へと急迫する。

なぜか大楓の周辺だけが、薄《すすき》の繁りが全く無い。まるで激戦の場としての舞台を設《しつら》え終えているかの如くに。

「宗次先生……」

呟いて美雪は、崩れるように膝を二つ折りにしてうずくまった。

「大丈夫か、美雪や」

お祖母様《ばばさま》が美雪の背中に回ってしゃがみ、両肩すじを軽く撫で始めた。

そして小梅に声低く命じた。

「小梅や。このままでは宗次先生が危うい。大変なことになる。『城』へと走り、近衛《このえ》の者たちへ救いを求めるのじゃ」

「はい、お母様」

小梅が駆け出そうとするのを「いけませせぬ」と美雪が制止した。

「お祖母様《ばばさま》、美雪は大きな安心に見舞われたがゆえに、目眩を覚えただけのことです。戒律を破ってまで、近衛の武の者を『城』の外で闘わせてはなりませぬ」

「なれど美雪や。宗次先生に向けての般若どもの気迫が余りにも凄まじいではないか」

「であっても心配ありませぬお祖母様《ばばさま》」

「敵の数はざっと見ても二十名は超えておる。小梅や、矢張り『城』へ……」

「なりませせぬ。宗次先生を、どうかこのままこの位置で見守ってあげて下さりませ」

「美雪や……其方《そなた》それ程までに宗次先生の何もかもについて詳《くわ》しく存じおったのか」

「はい」

美雪は〝何もかもを詳しく知っている筈がない〟と自分で判りすぎるほど判ってはいたが、「はい」と答えてよろめきながら立ち上がった。

お祖母様《ばばさま》と小梅が左右から美雪を支えるようにして立った。

三人は大楓の下に見た。腰の大刀を静かに滑らせて鞘《さや》から抜き放ち、両の腋《わき》にわざとアキ（スキ）を見せるかのようにして宗次が豪快な大上段の構えをとったのを。刀は恐らく大和伝・古千手院行信《こせんじゆいんゆきのぶ》。

真剣による闘いの場において、宗次がこのように大胆にして豪快な大上段の構えをいきなり取ることとの珍しさについて、三人は無論のこと知らない。

「おのれだな。我らの副頭取《とうどり》に手傷を負わせたのは」

黒般若が大楓を背に立つ宗次へ二歩を踏み出し、わなわなと指差す代わりに刀の切っ先を向け怒りで震わせた。その声音《こわね》の感じは三十半ばくらいか。

其奴《そやつ》が口にした副頭取――それは江戸の今世において普通の日常生活には馴《な》染《じ》めぬ珍しい表現であると言えた。お祖母様《ばばさま》も美雪も小梅も、はじめて耳にする言葉だった。「副」が付いている以上、おそらく組織の副首領とか副頭目といったところなのであろうか。

日本での「頭取《とうどり》」の初出は、幕府基盤を不動のものとした三代将軍徳川家光《いえみつ》の治世、寛永《かんえい》期（一六二四～一六四四）において歌舞伎《かぶき》役者猿若勘三郎《さるわかかんざぶろう》（慶長《けいちょう》三年、一五九八～明暦《めいれき》四年、一六五八。但し、生没年不詳説あり）が、古参役者を自分の名代（代理）として「頭取」という役職名で一座内に置いたのがはじまりである。

「猿若」とは江戸時代の初期歌舞伎で滑稽演技《こっけいえんぎ》を見事に演じ切って大衆を喝采《かっさい》させる役柄《やくがら》を指《さ》し、これの「勘三郎《かんざぶろう》」がのちの名優「中村《なかむら》勘三郎」であった（江戸歌舞伎の開祖。「中村座」座主）。

その後「頭取」の呼称は時代の流れと共に、能楽、文楽（人形浄瑠璃《じょうるり》）、相撲《すもう》興行などへと広まってゆき、銀行頭取などという威厳に満ちた役職名は、猿若勘三郎（中村勘三郎）がいなければ、まさに生まれていなかったかも知れないのだ。

「副頭取に代わり、儂《わし》がおのれの素《そ》っ首《くび》を斬り落としてくれるわ」

黒般若は長い乱れ髪をブアッとひと振りして吼《ほ》え、役者の如き大見得《おおみえ》を切り、手にしていた大刀を肩にのせて一気に二、三歩を宗次に迫った。

そして、ぴたりと動きを止めるや「ぐふふふっ」と喉のあたりで笑い、首を左右にゆっくりと振ってみせた。まさしく舞台の上の大見得だった。ふざけているのか、それとも宗次をなめ切っているのか、あるいは一撃のもとに宗次を倒す自信の表れなのか。その余りな薄気味の悪さに、お祖母様《ばばさま》も美雪も小梅も体を硬くした。

白般若どもが、更に半円陣を縮めた。双方の切っ先と切っ先の間は、僅かに一間《けん》半ばかり（二・七メートル前後）。

「副頭取は其奴《そやつ》に左肩を砕かれたのじゃ。いいか皆、其奴の左肩を切り刻んでやれ。素っ首は儂が落とす」

「おうっ」

白般若どもが一斉に怒声を発した。副頭取という言葉が二度三度と出てくるところを見れば、般若の組織内で余程に人望があるか恐れられているのだろう。

宗次が曽雅家の座敷で叩きつけて大打撃を与えた、あの赤般若にいよいよ相違ない。

さすれば黒般若は、組織の次席副頭目（あるいは次席副首領）つまり、位置付け三番手あたりの大幹部、といったところなのであろうか。

半円陣の二十余名に刀の切っ先を向けられても、宗次は大上段の構えをひと揺れさえもさせず静かに無言だった。

瞬《まばた》きひとつさせぬ目は真っ直ぐに黒般若を捉えている。黒般若も一歩も退かない。肩にのせていた刀を、すうっと下ろして自分の右脚の後ろへと隠し、上体を深く前に倒した。

異様な構えだ。

しかも、明らかにそれを待っていたらしく、白般若どもの半円陣が、一層のこと宗次にジリッと詰め寄る。

「殺《や》れいっ」

遂に黒般若が号令を発した。

白般若どもが、さながら怒り狂った蜂《はち》のごとく一斉に三方から大楓へと襲い掛かる。

見事に統制のとれた、修練に修練を積み重ねてきたと判る一斉攻撃だった。

しかもその数、二十余名。

たちまち大混戦の中に宗次の姿は埋没《まいぼつ》して、固唾を呑んでいたお祖母様《ばばさま》たちに見えなくなった。「こ、これはひどい……」と、さしものお祖母様《ばばさま》の声が震える。

美雪は祈った。胸の前で両手を合わせながら祈った。

聞こえてくるのは、鋼と鋼が激突するギンッ、ガツンッ、ジャリッ、という音ばかり。双方に、攻《せ》める守る、の攻守の気合などは無く激烈な無言対無言だった。

(先生……宗次先生)

美雪は目を閉じなかった。恐ろしさに堪《た》えて見守った。そして神に祈った。

「うわっ」

「ぎゃあっ」

無言対無言の均衡《きんこう》が突如《とつじょ》として破れた。そして、大刀を手にした手の肘《ひじ》から先が、続け様《ざま》に二つ宙に舞うのを、美雪は見た。お祖母様《ばばさま》も見た。小梅はしゃがみ込んでしまい、両手で顔を覆い隠しながら両の肩を震わせた。

「おあっ」

「うおっ」

またしても悲鳴とも攻め気合とも取れぬ甲高《かんだか》い声が生じて、刀を持たぬ左腕二本が宙に躍ってぶつかり合った。ひと呼吸おいて、血しぶきが巨大な百合《ゆり》の花状に噴きあがる。

　ここにきて、白般若の半円陣が、大地を踏み鳴らして退がり、宗次が姿を現わした。

　血しぶきを浴びたのか、それとも斬られたのか、宗次の下顎《したあご》が朱《あけ》に染まっている。

「い、いかぬ……」

　思わずお祖母様《ばばさま》が前へ踏み出そうとするのを、美雪が「いいえ」と押さえた。

「殺れっ、殺るのじゃ」

　黒般若が怒り狂って大声で命じ、白般若どもがまたしても大楓に突入した。

　そう、それはまさに「突入」としか表現の仕様がない荒れ狂いだった。

　が、次の光景で美雪は稲妻をはっきりと見た。お祖母様《ばばさま》も強烈な光を鮮明に見た。押し寄せ来る荒荒しい相手を待ち構えた宗次の剣が、右からの敵の股間《こかん》に一瞬のうち滑り込んで跳ねあげ、刃《やいば》を反転させるや左からの相手の腋を下から抉《えぐ》り、「刃がえし」の刃は正面からぶつかってきた剣士の下顎を鼻腔に向けて真っ二つとした。骨が裂けるガッという異音。

もんどり打って薄《すすき》の上に激しく叩きつけられた三人が、背中を鈍《にぶ》く鳴らせて弾《はず》み転《ころ》がり、仲間二人の脚に絡《から》みついた。

突進体勢の身構えを思わず崩す仲間二人。

寸陰《すんいん》を逃さず宗次の剣が矢のように伸びる。容赦《ようしゃ》しない。ひとりを袈裟《けさ》斬りに斬り下ろすや、殆ど同時に下がり切った切っ先を左へと振った。ピンという、きつい弓鳴りの音。

二体が呻きと共に朽《く》ち木《き》の如く横転する。

余りの凄みに、白般若どもが怯《ひる》み、再び大きく退がった。

「疾風《かぜ》じゃ……神の風じゃ」

お祖母様《ばばさま》が大きく目を見張って興奮気味に呟いた。宗次の凄まじいばかりの剣——光——をはじめて目の前に見たのだ。はっきりと。

驚愕《きょうがく》だったに違いない。

これぞ「多勢に無勢」に備えた揚真流奥傳《おくでん》「夢千鳥《ゆめちどり》」秘《ひ》ノ三《さん》、**月輪**《げつりん》であった。

「行けいっ」

命じる黒般若の怒声。焦り気味な響きであった。

だがしかし、白般若どもは動かない、なんとすでに九名が其処彼処《そこかしこ》に斬り倒されているのだ。しかも、僅か二《ふた》呼吸か三《み》呼吸ほどの間にだ。

圧倒的な力量の差である。

「うぬ……邪魔だ、どけい」

黒般若が直ぐ脇にいた配下のひとりを蹴り飛ばすかのようにして、朱《あけ》に染まった古千手院行信を右手にだらりと下げている宗次の真正面へ進み出、ぴたりと正眼に身構えた。なんと、その直前までの憤怒《ふんぬ》、苛立《いらだ》ちをたちまちの内に鎮めていくあたり、只者ではない。

「貴様、一体何者だ」

声音までも穏やかとして、黒般若は訊ねたが、宗次は無言。綺麗に決まっている黒般若の正眼に身構えた血汚れない切っ先を、じっと見つめている。

「名乗れい。剣士の礼法として訊ねている」

沈み切った気味悪い静かな口調で言いつつ、すすっと宗次との間を縮める黒般若だった。

剣士の礼法、と聞いて宗次の視線が相手の切っ先から、黒般若の面《めん》へと移った。窺うかのようにその目を少し細めている。

「剣士の礼法、と言うたか」

宗次がはじめて口を開いた。おそらくお祖母様《ばばさま》たち迄は届いていないであろう低い声であり、呼吸《いき》ひとつ乱してもいない。

「そうじゃ、言うた。言うたがどうした」

「ならば先にその薄汚なき般若の面を剝《は》ぎ取って素顔で物を言われよ。それこそが剣士の礼法というもの」

「出来ぬ」

「切っ先をやや左へ傾け、右足構えを一の字で外側へ向けたるその見事にして気品に充《み》ちた流麗な正眼の身構え……古代鬼束神刀流剣舞《こだいおにつかしんとうりゆうけんぶ》と見たり」

「な、なんと……」

宗次の低い声「古代鬼束神刀流剣舞」に余程の衝撃を受けたのか、黒般若が正眼の構えを乱して三、四歩をも退がった。知られている筈がない、という思い込みが強かった流儀なのであろうか。

そう言えば頭に「古代」が付き、締《しめ》の部分は剣術でも剣法でもなく「剣舞」である。

「おのれ、なにゆえ我が剣の流儀を知っておる。己れの身性を明かせ。何者かっ」

黒般若の声がまたしても怒り轟いた。配下の白般若どもが、打ち倒されて血みどろの九名を、黒般若の足下から引きずって遠ざけ出した。上司の黒般若と宗次との死闘の邪魔になるとでも判断したのであろうか。

二十余名のうち九名もが殆ど一瞬の内に半円陣を崩されて倒されたのであるから、白般若どもが震えあがるのも無理はない。

宗次が答えぬと判って、黒般若が訊き方を変えた。

「ならば貴様の流儀を申せ、剣士らしく流儀を……」

「揚真流……」と相変わらず宗次の声は穏やかで低い。

「ええっ……」

黒般若がそのおどろおどろしい面の下で顔色を変えた、と想像させるに足る大きな驚きを全身で表わした。揚真流の名を知っている者の驚きのようだった。

「いま、揚真流と申したか貴様」

「いかにも」

「揚真流と言えば、稀代の大剣聖梁伊対馬守隆房を開祖とする、秘剣の多さで知らぬ者とてない凄絶《せいぜつ》の流儀ぞ」

「対馬守隆房は我が父（義父）なり」

「な、なにいっ」

宗次に声低く告げられた黒般若が尚も一歩を退げて体を斜めに開き、怯えに似たうろたえをその両の肩にはっきりと窺わせた。

だがそれは、ほんのひと呼吸のことだった。

「こいつあ面白くなってきた。殺り甲斐《やりがい》があるというものだ」

黒般若は正眼に身構えを改めて息を殺し、宗次を睨みつけた。

黒般若のその身構えが、次第に深みへと沈んでいく様子が、お祖母様《ばばさま》にも美雪にも離れた位置から見えていた。剣術の心得が無きに等しい二人にまでそれが見えたということは、黒般若の剣術の腕が半端《はんぱ》ではないことを意味している。

そして、宗次も正眼に身構え、見守る白般若どもが宗次の背後側へそろりと回り込んだ。

真正面に古代鬼束神刀流剣舞の遣い手らしき黒般若ひとりを、背後に十余名の白般若を置いて、宗次の正眼構えの切っ先が右下段へと静かにゆっくりと下がってゆく。背すじはすらりと伸び、足構えは左足を僅かに前へ真っ直ぐに出しただけの小股開き。

美雪が危ういところ（江戸での）を救われた際に一度だけ見たことのあるあの、役者構え（余りの美しさに美雪がそう胸の内で勝手に名付けた）であった。

お祖母様《ばばさま》にもその身構えの美しさが判るのであろう、そっと美雪の手を握って身じろぎひとつしない。しゃがみ込んだ小梅は瞼《まぶた》を閉じたままだ。

宗次の無想の如き自然体な右下段構えに対し、黒般若は正眼構えをいささかも乱さず崩さず、ジリジリと宗次に詰め寄った。

宗次の背後に回り込んだ白般若どもは、一気に九名を討ち倒されている衝撃からまだ立ち直れないのか、その陣構えはすでに気力を失っていた。

それどころか宗次の、まさに「役者構え」なる身構えの美しさに、見とれている感じさえある。

これはもう、宗次対黒般若、の一対一の勝負になる他ない。誰の目にもそのように映る光景だった。

黒般若が宗次との間を詰めるにしたがって、次第次第に右の肩を下げ始め、その切っ先が地面との間を縮め出した。いつの間にそうしたのであろうか、刃を反転させている。つまり宗次の下顎を掬《すく》い上げるように真っ二つに割ることを狙っているかの如く、物打《ものうち》（切っ先三寸の意。刀身の最鋭利部）を天に向けている。

その先端に陽が当たって、鋭い光を放っていた。

「参られよ」

なんと宗次が物静かに誘った。

美雪にもお祖母様《ばばさま》にも、その声は届いた。いよいよ始まる、と美雪はお祖母《ばば》様《さま》に握られている手をそっと自由にして胸の前で合掌した。

「斬るっ」

黒般若が宣戦した。いや、宣戦であり裂帛《れっぱく》の気合だった。

美雪は我が目を疑った。空の王者、熊鷹《くまたか》（翼長約一六〇センチ）が大羽を広げて宗次に襲い掛かったかのような錯覚に陥った。しかも殆ど不意討ちに近い猛烈な速さ。

二本の刀がぶつかり合って、ガチッと鈍い大きな音を発した。攻めた刀も受けた刀も離れない。美雪はむろん、お祖母様《ばばさま》もはじめて鍔迫《つばぜ》り合《あ》いというものを見た。双方、渾身《こんしん》の力で攻め、受けているのであろうか。いや、鍔迫り合いに、攻めも受けも無い筈だった。お互いの刃がお互いの頬に触れるか触れないかのあたりで、ギギギギッと悲鳴をあげている。

離れるその瞬間にどちらかが殺られる、と見守るお祖母様《ばばさま》にも美雪にも判った。

「宗次先生があぶない……」

お祖母様《ばばさま》が呟いたが美雪は「いいえ」と首を横に振った。

黒般若が突然「うおっ」と吼《ほ》えた。相手の刃から己れの刃が離れないことの恐れなのか苛立ちなのか、それとも威嚇なのであろうか。

双方、一点の位置から微塵《みじん》も動かない。

ここにきて宗次の背後の白般若どもが、宗次の背に詰めより出した。皆が皆、突き構えだ。一斉に蜂の如く襲い掛かろうとしているのであろうか。

「うおおおっ」

黒般若がまたしても吼えた。まるで獅子吼えであった。錦秋の森が震えあがった。

このとき、お祖母様《ばばさま》たち三人は、背後から急速に迫り来る夥《おびただ》しい足音を感じて振り返った。

「おお、来てくれたか。さすが臣姓近衛《おみせいこのえ》の者たちぞ。騒ぎが『城』まで届いたか」

お祖母様《ばばさま》の皺深《しわぶか》い顔にたちまち喜色があふれた。

両刀を腰に帯び、中には鉄砲、弓矢で武装した者を含めて屈強の三十名ほどがお祖母様《ばばさま》たち三人を護るかのようにして包み囲んだ。

しゃがみ込んでいた小梅が、ようやく腰を上げてよろめいた。

宗次の背後に迫っていた白般若十余名が、臣姓近衛の武者たちに気付いてこ、ちらへ白刃の向きを変えたが、鉄砲、弓矢を備えた者までいるその重武装に恐れをなしたのか、切っ先を力なく次次と下げ出した。

「いま手出しをしてはならぬぞ」

お祖母様《ばばさま》の強い口調の指示に、五十前後に見える、しかし巖《いわお》のような体軀《たいく》の男が「はい」と言葉短く頷いた。

「せいやあっ」

黒般若が遂に鋭い気合いと共に、刃をキラリと光らせ飛燕《ひえん》のごとく飛び退がった。

途端《とたん》、宗次の右の頰から鮮血が噴き出した。

（先生……）

さすがに胸の内で叫ぶや、美雪は駆け出した。反射的に取ってしまった動きであった。けれども五、六歩と行かぬ辺りで、美雪の足は止まった。

宗次が頰から血をしたたり落としながらも、古千手院行信の刃を懐紙で清めて鞘に納めたのだ。美雪の耳にまで届いたパチッという鍔鳴り。当たり前ではない頰からの出血であるというのに、その一挙手一投足には乱れも動揺も無い。

一方の黒般若は、宗次から三間《げん》ばかり離れた位置で、あの右の肩を下げた如何《いか》にも戦闘的な正眼の構えだった。

微動だにしない。次の激しい跳躍《ちょうやく》に備えて、宗次の心の臓に向け切っ先と共に全精神力を集中しているかのように窺える。

と、何という事か。宗次がゆっくりと踵《きびす》を返し、緑濃い鬱蒼たる森の中へと戻り出したではないか。

「ま、待ていっ」

当然、黒般若は森に轟き渡る怒声を放った。

そして宗次の後を追おうとしたその刹那、戦慄《せんりつ》の光景が見守る者たちを竦《すく》み上がらせた。黒般若の面《めん》が左上から右下にかけ斜めに真っ二つに裂けて落下。その裂け線に沿うかたちで大刀を手にした黒般若の利き腕までが肩口から離れたのだ。

一刀のもと、が余りにも凄まじい決まりを見せたせいなのか、一滴の血も噴《ふ》き出さない。

「待ていっ」

己れの肉体に生じた重大な異変にまだ気付かないのか、前へと踏み出そうとした黒般若が頭から突っ込むようにして、どっと地面に倒れた。

お祖母様《ばばさま》が唇をぶるぶるとさせながら黒般若を指差し、脇に控えている巌《いわお》のような体軀《たいく》の五十男と目を合わせた。

阿吽《あうん》の呼吸とでもいうのか、お祖母様《ばばさま》の心中を察したかのように男は首を横に振って、「私にも見えませなんだ、お祖母様《ばばさま》」と野太い小声で答えた。むろん美雪にも見えなかった。いつ、どのようにして宗次の古千手院行信が翻《ひるがえ》ったのか。

（まさしく光……）

と、美雪は思った。とたん、浮世絵師宗次という人を、美雪は余りにも遠い存在に感じた。一方的に婚家を追い出された哀れな自分などがとても踏み込めない全く別の異世界、破格的空間に神仏の如く生きておられる人、とさえ思った。名状し難い淋しさを覚えて、美雪は宗次の後ろ姿を求めたが、その姿はすでに深く濃い森の中へと溶け込んでしまっていた。

美雪は、うなだれてお祖母様《ばばさま》の方へと戻り出した。

差配（黒般若）を失った白般若どもは暫く茫然自失でか動かなかった。差配の古代鬼束神刀流剣舞を極めた凄腕を、絶対と信じ切っていたのであろう。その凄腕を超越した神速の業《わざ》――宗次の――によって一撃のもとに倒されたのだから、白般若どもを襲った衝撃は大きい筈であった。

刀を鞘に納めて戦意を無くした白般若どもが一人また一人と、倒れて動かなくなった黒般若の周囲《まわり》へと集まってゆく。

武装の臣姓近衛兵たちは行動を起こすことなくその光景を見守り、またお祖母様《ばばさま》も行動指示を発しなかった。

が、第二の異変が、地の底から清水《しみず》が滲《にじ》み出す静けさで現われ出した。

ことりとも動かなくなった黒般若の周囲《まわり》を取り囲んだ配下の白般若どもが、前もって打合わせていたかの如く「おのれっ、無念なり」と大声で斉唱《せいしょう》するや、両手を合わせて頭《こうべ》を垂《た》れた。これが般若の組織の「長」とかが倒されたときの慣習とか礼法なのであろうか。念仏はない。無言のままだ。

と、戦意を喪失した其奴《そやつ》らを遠囲《とおかこ》みして、薄《すすき》の中から一人また一人と意外なる人物どもが現われ出した。いずれもが傲然《ごうぜん》と腕組をし小股開きの仁王立ちだ。

けれども頭《こうべ》を垂れ合掌している白般若どもに全く変化はなかった。

まるで何もかもを諦めたかのように……。

薄《すすき》の中から湧き上がるようにして次次と現われたのは、紫檀色の忍び装束に身を包み腰に両刀を帯びた二十数名であった。なかでも一際《ひときわ》屈強そうな体軀の紫檀色は、両刀ともに濃い栗肌色の柄鞘《つかさや》で、それがまともに日を浴びて不思議色に輝き誰の目にも目立って見えた。

大和国《やまとのくに》へ入った日の美雪たち一行《いっこう》を、薄《すすき》が生《お》い茂《しげ》る甘樫山《あまかしのおか》で突然取り囲んだ、あの紫檀色たちであった。

「今頃に現われよってからに……」

お祖母様《ばばさま》が小さく舌を打ち鳴らしてから、誰に気付かれることもなく「遅い……」と呟いた。

「もう大丈夫じゃ源六郎《げんろくろう》。直ぐに『城』へお戻りなされ」

傍に控えている巌《いわお》のような体軀の五十男を見上げるようにして、お祖母様《ばばさま》が小声で伝えた。

「宜しゅうございましょうか」

「うむ。あれが来てくれたから、もはや心配はいらぬ」

お祖母様《ばばさま》が紫檀色の忍び装束たちの方へ、顎の先を軽く振って見せた。

「大和一円を限られた手勢で検《み》なければならぬ宗春様《むねはる》も、飛鳥忍《あすかしの》びの頭領として大変でございましょう。察しておあげなされませ」

「判っておる、判っておる」

「それではこれで……」

「ご苦労じゃったな」

源六郎――巌のような体軀の男――が右手をさっと上げると、臣姓近衛の武者たちは潮が退くようにして、お祖母様《ばばさま》たちから鮮やかに離れていった。統制の取れたその動きは、充分に訓練された結果のものと思われた。

お祖母様《ばばさま》たちは、紫檀色の忍び装束たちを見守った。

源六郎なる人物の口から「宗春」の名が出たということは、お祖母様《ばばさま》が曽雅家の茶室「寂心亭《せきしんてい》」の前で出会《でお》うた「宗春」が、目の前の紫檀色二十数名の中に「飛鳥忍びの頭領」として存在しているということなのであろう。

そう言えば、「寂心亭」の前でお祖母様《ばばさま》と立ち話をした「宗春」も、腰の大小刀は濃い栗肌色の柄鞘であった。

黒般若の骸《むくろ》に頭《こうべ》を垂れる白般若どもを取り囲む紫檀色の忍び装束――飛鳥忍び――たちが、その輪を仁王立ちの姿勢のまま縮め出した。勝ち誇ったかのような傲慢《ごうまん》な仁王立ちの姿勢はそのままだ。腕組を解《と》いて刀に手をやろうともしない。

臣姓近衛の源六郎が口にした飛鳥忍び。その頂点に君臨する人物こそお祖母《ばば》様《さま》――曽雅多鶴――であると判明する一瞬が遂に訪れた。

「斬るでない。生け捕りとせよ」

それは美雪が、いや小梅さえはじめて耳にする、厳しい命令調な響きのお祖母様《ばばさま》の声高き言葉だった。

「はっ」といった感じで、両刀の柄鞘ともに栗肌色の「宗春」が、お祖母様《ばばさま》の方へ顔を向けて頷いた。ビシッとしたその頷きようが、絶対の服従的地位にあることを自ら表わしている。

紫檀色の飛鳥忍びが、更に囲みの輪を縮めた。

突如このとき、白般若のひとりが拳を天に向かって突き上げた。

「我等に明日あり」

雷鳴かと錯覚させかねない堂堂たる荒声の絶叫であった。

「おうっ」

寸陰を惜しむかの如く白般若どもの十数本の拳が天を突き、怒濤《どとう》の斉唱が轟き響いた。それは見守るお祖母様《ばばさま》たちが予想だにしていなかった異様な光景の出現だった。しかも一度だけではない。

「我等に明日あり」

「おうっ」

「我等に明日あり」

「おうっ」

続け様に三度、大地を波立たせる斉唱が続いた後、何という事であろうか白般若どもがいきなりバタバタと倒れ出した。

これには、取り囲みの輪を縮めていた飛鳥忍びの誰もが慌てうろたえた。

「何事じゃっ」

お祖母様《ばばさま》が叱りつけるように叫びざま、美雪と小梅から離れ、よたついた足で修羅場へと駆け走る。

「申し訳ありませぬ。皆という皆が、まさかいきなり舌を嚙み切るとは……」

濃い栗肌色の大小刀を帯びた紫檀色が、駆け寄って来たお祖母様《ばばさま》に向かって深深と頭を下げた。

「ぬかったな宗春。お前ともあろう者が」

「油断でございました。面目《めんぼく》ありませぬ」

「油断ではない。先を見通す心眼が開いておらぬ。未熟ぞ」

「はっ」

「皆ともに修行をし直すのじゃ。業《わざ》だけが一級であっても自慢にはならぬ」

「はっ。仰せの通りでございまする」

痛烈なるお祖母様《ばばさま》の言葉だった。

元の位置から動かなかった美雪と小梅は、お祖母様《ばばさま》の声高き怒りの凄さに、思わず顔を見合わせた。

「骸《むくろ》を綺麗に片付けた上で、祖母《ばば》の別命《べつめい》を待つのじゃ。宜《よろ》しいな宗春」

「畏《かしこ》まりましてございまする」

宗春だけでなく、紫檀色の皆がお祖母様《ばばさま》に向かって深深と腰を折った。

お祖母様《ばばさま》が踵を返し、美雪たちの方へと戻り出した。が、その表情には別段、怖さを感じさせるほどの怒りの色は漲《みなぎ》っていない。

目のよい美雪には、そう窺えた。

二十

お祖母様《ばばさま》たち三人が曽雅屋敷の表門の前まで戻ってみると、小梅の夫比古二《ひこじ》郎《ろう》ひとりが不安顔で佇んでいた。表門の袖塀《そでべい》を越えた大楓の枝枝の紅葉で、その不安顔が真っ赤に染まっている。

「ああ、ご無事で何よりでございましたお祖母様《ばばさま》。少し前に……」

「宗次先生が血まみれでお戻りなされたじゃろう。尾形関庵《おがたせきあん》先生は来て下されたか」

「はい、西条家の戸端忠寛様、山浦涼之助様たちに見守られるようにして、いま傷の縫合外治《ほうごうがいじ》（手術の意）を受けておられます」

「左様か。ひと安心じゃな。して、他の負傷者たちの様子は？」

「幸いなことに、尾形関庵先生の治療が効を奏したのか誰も皆、気力を確実に取り戻しつつあるかのように、見受けられます」

「それは何よりじゃ。よかった、よかった」

「それからお祖母様《ばばさま》。奉行所、代官所のお役人たちは溝口様、鈴木様ほか皆、奈良町の役所の方へ引き揚げなされました。なんでも今小路《いまこうじ》の商家に幾人かによる押し込みがあって、家族や番頭、手代などに怪我人《けがにん》が出ているとか」

「なに、それはいかぬ。義助は手傷を負うて動けぬから、奉行所へ向けて誰ぞに馬を走らせ、詳しい状況を摑んで来《こ》させなされ。急いでじゃ」

「畏《かしこ》まりました。直ぐに発《た》たせましょう」

「それから溝口と鈴木による般若の遺体検分はどうなったかのう。何ぞ聞いておらぬか」

「あ、それでございますが、検分によっては何一つ得るものは無かったそうで……」

「何一つとな……」

「はい。何一つ……」

「左様か。徹底して素姓を見破られぬように致しておるのじゃな。こいつは真《まこと》に手強いのう」

お祖母様《ばばさま》多鶴は、眉間に一層のこと深い皺を刻んだ。

「それからお祖母様《ばばさま》。お祖母様《ばばさま》たちが屋敷を出られるのと入れ替わるようにして、大坂の五井持軒先生と二人の御弟子さんが見えられました」

「なんと、五井持軒先生がかえ」

「幾冊かの古文書の分析と突き合わせを重ねているうち、大変な事実が判ってきたので、一刻も早くお祖母様《ばばさま》に報告をせねばと、駆けつけて下されたそうです」

「大変な事実が判ってきた……と申されたのか?」

「左様でございます」

「はて?……一体……」

お祖母様《ばばさま》が首をひねった。心配そうであった。

「持軒先生は、大和国《やまとのくに》のご研究の際にいつも御使い戴いている『南の間』へお通しさせて戴きました。二人の御弟子さんについては『南の間』の左隣の十二畳の座敷へ案内しましたが……」

「うん。それで宜しいじゃろう。で、持軒先生は屋敷内に漂うている此度《こたび》の騒動の雰囲気とかを気になさっておられる御様子かな」

「いいえ。一向に気にはなさっておられない御様子であると見ました。宗次先生が血まみれでお戻りになり、尾形関庵先生や医生の方方《かたがた》が慌ただしく駆けつけて下さいましたゆえ、屋敷内はそれなりに騒然となりましたけれども……」

「其方《そなた》から尾形関庵先生に対し、宗次先生のお怪我についての釈明のようなことは推測にしろ、致してはおらぬな」

「そのような勝手なことは致しておりませぬ。宗次先生のお怪我の原因は私には全く判りませぬし、また関庵先生からのお訊ねも一切ありませんでしたから」

「うんうん、判りました。ご苦労じゃったな、婿殿《むこどの》」

お祖母様《ばばさま》はそう言うと、娘の小梅へ視線を移した。

「小梅や、すまぬが其方《そなた》は暫くの間、婿殿《むこどの》と二人で持軒先生のお相手をしていておくれか。祖母《ばば》は間もなく参りましょうから、とお伝えしてな」

「判りました、お母様」

「急ぎなされ。持軒先生に失礼があってはならぬでな」

「はい、それでは……」

小梅は夫比古二郎を促して慌ただしく表門を潜ると、屋敷内の石畳通り「曽雅の道」を急ぎ、向こう角を折れて消えていった。

「さ、美雪や。この祖母《ばば》と宗次先生を見舞《みも》うて差し上げるのじゃ」

そう言うなり、お祖母様《ばばさま》は孫娘の白くやわらかな手を取って涙ぐんだ。

「四代様（徳川家綱）の大事な御役目を背負うて大和国《やまとのくに》へ参ったというのに、其方《そなた》には本当に大変な目に遭《あ》わせてしもうたのう。祖母《ばば》を許してやっておくれ」

「いいえ、お祖母様《ばばさま》。美雪は筆頭大番頭七千石西条山城守貞頼を父に持つ娘でございまする。此度《こたび》の事も貴重な体験として自身の糧《かて》とすべき務《つとめ》と考えておりまする」

「この祖母《ばば》の心を軽くしてくれようとして、そう言うてくれるのじゃな。ほんに其方《そなた》は美しいだけではなく、稀《まれ》にみるやさしい気性《きだて》の子じゃ。祖母《ばば》はうれしい……」

「私《わたくし》はお祖母様《ばばさま》の血を濃く受け継いでおりまする。ですから、私の気性《きだて》はお祖母様《ばばさま》から戴いたものでございましょう」

「おう、そう思うてくださるか。孫《まご》にそう思われることは、真《まこと》に年寄りにとって何よりも有り難くうれしいものじゃ」

二人は寄り添うようにして語り合いながら、屋敷内「曽雅の道」を玄関式台の方へと足を運んだ。

美雪は、お祖母様《ばばさま》に強く握られている手に、痛みさえ覚えた。けれどもそれは美雪にとって、曽雅多鶴を我が祖母と感じることの出来る甘く熱く心地のよい痛みであった。

二人が玄関式台の前に辿り着いて履物《はきもの》を脱《ぬ》ごうとしたその時である。

玄関を入って直ぐ右側の部屋の襖《ふすま》が音もなく静かに開いて、お祖母様《ばばさま》が美雪の手を放した。

　この曽雅家では「一の間《いちのま》」と呼ばれている座敷であったが、たとえば江戸の西条家ではその位置の部屋は「御使者の間《ごししゃのま》」と名付けられている。大名家だと「大番所《おおばんしょ》」と呼んでいるところが少なくない。

「では、お大事になされよ。明日また診《み》に参りましょう」

　部屋の中へ物静かに声を掛けつつ小廊下に出てきたのは、尾形関庵と二人の医生――ひとりは女――であった。

　お祖母様《ばばさま》と美雪は履物を脱ぐのを止し、式台手前の位置で、こちらへとやって来る関庵先生と二人の医生に対し、丁重に頭を下げた。

「や、これはお祖母様《ばばさま》……」

「関庵先生、たびたびに亘《わた》り御手数をお掛け致しております。この通り感謝申し上げます」

　いつになく神妙な様子で言って、もう一度深深と腰を折るお祖母様《ばばさま》であった。むろん、美雪もそれに見習うことを忘れない。

「なになに。血はかなり出たようじゃが、傷の深さは全く大事ありませぬ。縫い合わせておきましたゆえ、こじらせることなく快方に向かいますすじゃろ」

「そうでごじゃりますか。安心いたしました」

「今日一日は針で刺されたような痛みがありましょうが、明日には消えていましょう。他の負傷者の様子も医生たちに診て回らせましたが、元気を取り戻しつつあるようじゃ」

「感謝の気持を忘れぬように致しまする。この通り……」

お祖母様《ばばさま》はもう一度、頭を下げた。

尾形関庵は笑顔で頷きつつ清潔そうな白の草履を履くと、お祖母様《ばばさま》の肩を撫で気味に軽く叩き、医生たちを従えゆっくりと離れていった。

宗次の負傷の原因などについて、何ひとつお祖母様《ばばさま》に訊ねようとしない関庵先生だった。

これも長い付き合いによって双方の間に培《つちか》われた、阿吽《あうん》の呼吸というものであろうか。

お祖母様《ばばさま》と美雪は、石畳の道を表門の方へと去って行く関庵先生と医生たちの背中に向かって、再び丁寧に頭を下げた。

「さて美雪や」

腰を真っ直ぐに戻したお祖母様《ばばさま》が表情を改めた。

「はい。お祖母様《ばばさま》」

答える美雪の雪肌な白い両の頰を、お祖母様《ばばさま》の両手がそっと挟んだ。

「宗次先生を見舞《みま》うてきなされ。ひとりでな。『一の間』には西条家の家臣たちも詰めているようじゃが、その者たちへは屋敷の内外の見回りを命じるのじゃ。判ったかな」

「お祖母様《ばばさま》……」

「この祖母《ばば》には其方《そなた》の心の内が判るぞ美雪や。手傷を負うた宗次先生のそばに居てやりなされ。そしてな、どのような事があろうとも宗次先生を手放してはならぬ。どのような事があろうとものう」

「でも……」

「自信を持つのじゃ、可愛い孫よ。たかが地方武門の名家から一度や二度離縁されたとて、何のことがあろう。其方《そなた》は天女さえも及ばぬ程に美しく、そして聡明《そうめい》じゃ。この大和国《やまとのくに》にいる其方《そなた》の前に宗次先生ほどの御人が現われたということは、決して偶然でも奇跡でもない。心やさしき大和国《やまとのくに》の神神が、其方《そなた》の後ろにお立ちなされて背中を支えて下されたのじゃ」

「お祖母様《ばばさま》……」

美雪は小柄なお祖母様《ばばさま》の肩に顔を伏せるようにして、こみ上げてくる嗚咽《おえつ》をこらえた。なんとやさしい祖母《そぼ》の言葉であろうことか、と思った。

「よしよし。さ、宗次先生のおそばへ行ってきなされ。祖母《ばば》は五井持軒先生にお会いしなければならぬ。宜しいな」

「はい……」

美雪がお祖母様《ばばさま》の体から離れようとすると、お祖母様《ばばさま》の皺だらけの手がのびて、美雪の目尻に浮いた小さな涙の粒を、そっと拭った。

「これでよい。この祖母《ばば》の血を受け継いだ者として自信を持ち、自分の道を前向きに歩むのじゃ。安心おし。この祖母《ばば》が見守っている」

美雪はこっくりと頷いて、履物を脱ぎ式台に上がった。

お祖母様《ばばさま》多鶴は踵を返し、日当たりのよい南庭に面している「南の間」へと急いだ。婿殿が口にした「幾冊かの古文書の分析と突き合わせを重ねているうち、大変な事実が判ってきた……」が気になっていた。不吉な予感さえする。なにしろ五井持軒先生ほどの学者が、それがために大坂からわざわざ訪ねて来て下されたのだ。

此度のややこしい事件を更に難しくするような研究報告を聞かされるのではあるまいか、とお祖母様《ばばさま》多鶴は小さな体の内に怯えさえ膨らませた。

「この祖母《ばば》も近頃すこし疲れてきたかのう……」

多鶴はポツリと呟いた。多鶴という自分の名と女《おみな》であることを忘れ、ひたすら「曽雅のお祖母様《ばばさま》」として内外《うちそと》に向け君臨してきた。毎日が殆ど必死であった。その必死さを悟《さと》られまいとして、幾つもの「顔」を演じてきたことが、最近とみに重苦しく感じられる。

「この祖母《ばば》の皺深い顔こそ、般若の面かのう……」

そう呟いて思わず足を止め、晴れわたった秋の空を仰ぐ多鶴であった。

胸の内から溜息が出てきた。

「あの可愛い孫娘の顔を見てから、急に弱気になってきたかも知れぬなあ。まるで吉祥天《きっしょうてん》のような気高さを漂わせておる……不思議な孫じゃわな」

多鶴は「うん」と自分に向かって頷き、歩き出した。吉祥天とは、毘沙門天《びしゃもんてん》の妃で、人人に福徳と安楽を与え、仏法を護持する天女のことである。美雪が、どうしてもそのように見えて仕方のない、お祖母様《ばばさま》多鶴であった。

「南の間」の廊下口が直ぐ先に見えてきた。

さあ、五井持軒先生の口から一体何が報告されるのか。お祖母様《ばばさま》多鶴の表情に、キッとした厳しさが広がった。

二十一

紅葉樹の古木の枝枝が色あざやかに染まった日当たりのよい南庭は、曽雅家では「四季《しき》の鳥庭《とりにわ》」と名付けられていて、ほぼ一年を通じて色色な野鳥の囀《さえず》りを耳にすることが出来た。

紅葉樹の東側には幅二間《けん》ほど笹が帯状に長く密生しており、此処は曽雅家の自慢処《じまんどころ》であった。幾番《いくつが》いもの鶯《うぐいす》が棲息していて春夏秋冬にわたり「法《ホー》、法《ホ》華経《ケキヨ》……」と競い合ってくれるからだ。法、法華経と聞きなされる歴史はかな

ど）。

り古い。

その鶯に負けじと紅葉樹の間を飛び交い一際美声で囀《さえず》るのが、「日本三鳴《さんめい》鳥《ちょう》のひとつ」に数えられている大瑠璃《おおるり》だった（鳴声・チュー　ピイ　ピイ　ピピチューな

その他、四十雀《しじゅうから》、山雀《やまがら》、日雀《ひがら》、頬白《ほおじろ》なども加わって、今日の「四季の鳥庭」には透き通った野鳥の囀りが満ちていた。

その錦秋の南庭に面した「南の間」は、四枚の大障子を開け放って咳払《しわぶき》ひとつ無く静まり返っている。野鳥たちの鳴き声に聞き惚れているのであろうか。

小柄なお祖母様《ばばさま》多鶴は足音を立てることもなく日当たりよい広縁つきの廊下を進み、「南の間」の数歩手前あたりでふっと歩みを止めた。

「祖母《ばば》じゃが入っても宜しいかな」

そう穏やかに声を掛けると室内で「あ……」という反応があって、小梅が直ぐに廊下へと出てきた。笑顔である。

「これはこれは五井持軒先生……」

まだ持軒先生の姿が見えていない位置ではあったが、お祖母様《ばばさま》はそう述《の》べつ

つゆっくりと進み、体を横に開いてくれた小梅の胸の前をするりと擦《す》り抜けるようにして座敷へと入った。何もかも緻密に計算され演じられているかのような、ゆったりとしたお祖母様《ばばさま》の動きであり言葉だった。

「ややあ、お祖母様《ばばさま》……」

大和国《やまとのくに》で生まれたが、専《もっぱ》ら大坂で大活躍する五井持軒ほどの学者であっても、矢張り此処では「お祖母様《ばばさま》」であった。

二人は文机《ふづくえ》を挟んで向き合い、小梅は母と並ぶかたちで夫の横に正座をした。

「遠い所をよく御出下さりましたなあ持軒先生。どうぞごゆるりとお寛《くつろ》ぎ下されと」

「いきなりお訪ねしてご迷惑ではありませんでしたかな。全く申し訳もありませぬ」

「なにを仰います。此処は持軒先生の別邸とも研究室とも思うて下され。遠慮のうお訪ね下さればお下さる程この祖母《ばば》は誇りに思いまするからのう」

「いつもいつも訪れるたびそう言うて下さりこの五井持軒、嬉しゅう思うております」

「とは言うても持軒先生、このまえ大和国《やまとのくに》より大坂へお戻りなされてから、まだ大層な日は経《た》っておりませんぞな」

「ははは、そう言えばそうでありましたな」

「ところで持軒先生……」

お祖母様《ばばさま》多鶴はそこで言葉を切ると、隣の小梅を見た。

小梅は直ぐに頷いて夫比古二郎を促し、持軒への挨拶《あいさつ》もそこそこに「南の間」から出て行った。

残ったのはお祖母様《ばばさま》と、知識人そのものの風格を漂わせている綺麗な白髪《しらが》の五井持軒の他は、師を挟んで姿勢正しく座っている二人の若い門弟（塾生）——お祖母様《ばばさま》とは初対面の——四人であった。

と、鶯が鳴き出したので、四人はそれに耳を傾げる《かし》やさしい表情に陥った。

二度繰り返し鳴いたあと、それは広大な南庭の西の方へと遠ざかっていった。

「ところで持軒先生……」

と、お祖母様《ばばさま》の表情が、はじめに改まって、五井持軒も真顔でその姿勢を幾分前に傾けた。

「ご研究のお仕事のなかで、何ぞこの祖母《ばば》に急ぎ知らせたき大事が判明した、との事らしゅうごじゃりまするが、それは一体……」

言い終えて、お祖母様《ばばさま》の皺深い顔にはっきりと不安が広がった。

無理もない。拉致された和右衛門の行方《ゆくえ》さえも未だ霧の中なのだ。

「それなんですがな、お祖母様《ばばさま》……」

五井持軒の言葉がそこで切れ、「お……」という顔つきになった。またしても一際澄んだ小鳥の鳴き声が秋色に染まった南庭にひろがったのだ。

それは明らかに「焼酎《しょうちゅう》一杯、ぐいー」とかに聞こえる。

改まっていたお祖母様《ばばさま》の表情も持軒先生の顔も、くしゃくしゃに笑った。

「矢張り間違いなく『焼酎一杯、ぐいー』ですなあお祖母様《ばばさま》」

「真《まこと》に真に、『焼酎一杯、ぐいー』ですじゃ。あの甲高く澄んだ囀りはまぎれもなく祖母《ばば》が『忍び子』と名付けている子でありましてな。いつの頃からか、それはもうどの子もよく懐《なつ》いてくれまして、何故《なぜ》か別れのときは必ず祖母《ばば》の姿を見つけては挨拶に甲高い囀りをしてくれまするのじゃ。ああしてのう」

と、お祖母様《ばばさま》は嬉しそうに目を細めて、広い庭を見まわすが「焼酎一杯、ぐいー」の鳴き声は聞こえても姿は見えない。

いや、派手な鳴き声の割に姿を見せ難《にく》いことが特徴の野鳥であって、そのため曽雅家では「忍び鳥」とか「忍び子」と呼んだりもしている。

「いま、別れと仰いましたがお祖母様《ばばさま》。あれは夏鳥《なつどり》でございましたな」

「ま、確かに夏に活発に飛び交っておりまするようじゃが先生、この大和国《やまとのくに》では四月の桜の頃から十月末頃近くまでは、普通に見られまするのじゃ。尤《もつと》も、鳴き声は聞こえても、なかなか姿を見せてはくれませぬがな」

「十月末頃近くまでといいますと、このように紅葉樹が真っ赤に熟す頃まで鳴き声を聞かせてくれるというのは珍らしいことなので?……」

「はじめてですじゃ。毎年十月の中頃には『忍び子』たちはいつの間にか姿を消してしまいますからのう。これはひょっとすると先生……」

「寿命?……」

「かも知れませせぬ。どうやら渡来鳥(渡り鳥)のようじゃから、死期を察して曽雅家の広い庭の何処ぞで若葉色に包まれた小さな体の短い一生を終えようとしているのかも知れませぬなあ」

お祖母様《ばばさま》がそう言って、ちょっと遠い目をすると、若い二人の門弟が小さく頷いた。

「焼酎一杯、ぐいー」の囀りが止んで、それが合図でもあったかのように他の野鳥たちの鳴き声も静まった。

「焼酎一杯、ぐいー」は体が雀に似た若葉色のかわいい小鳥で、鳥名をそのかわいさに余り似ない「仙台虫喰《せんだいむしくい》」といった（雀目《すずめもく》鶯《うぐいす》亜科《あか》。鳴声・チヨチヨチヨ　ビイなど）。

野鳥たちが静かになると、五井持軒が、

「ところで……」

と、真顔を拵えた。口元の引き締まった知識人にふさわしい面立ちだった。

小柄なお祖母様《ばばさま》がこれも「はい」と、不安気な硬い表情で、上体を前屈みとした。

「急ぎ御報告いたしたく今日慌ただしくお訪ね致しましたのは……」

そこで言葉を休めた持軒先生は、隣の若い門弟と顔を合わせて、「うん」と声低く頷いてみせると、門弟は「はい」と答えて傍《そば》に置いてあった紫色の風呂敷包みを手にとった。

かなりの厚さだ。

持軒先生はそれを受け取って文机の上に置くと、蝶結びを解いた。

慌てている様子の無い、落ち着いた動作である。

その落ち着きようが、お祖母様《ばばさま》にいささかの安心を与えた。

紫色の風呂敷包みから出てきたのは日焼けしたような変色が著《いちじる》しい虫喰の目立つ二十冊近い古文書――と呼ぶ他ないような如何《いか》にも曰《いわ》くあり気な古い書物《かきもの》だった。

そろりと捲《めく》らないことには破れてしまいそうな、紙疲労《かみひろう》のひどい汚れた表紙はどれにも付いているが、そのどれにも書名は無い。厚さは皆ほぼ均等で、一冊の厚さは目計《めはか》り（目測）で五分《ぶ》程度（一・五センチ）だ。

お祖母様《ばばさま》はむろん、その古文書について見知っていた。曽雅家には南庭の東詰に文書庫が三棟並んでおり、五井持軒は先月、大和国《やまとのくに》から帰坂《きはん》の際に気になる古文書をお祖母様《ばばさま》の許しを得てこれらの庫より持ち帰っていた。

それが、紫色の風呂敷に包まれて今日戻ってきたのである。

「順番に判り易くご説明致しましょう。非常に驚くべきことが判って参りましたから……」

五井持軒は物静かに言いながら、一冊一冊の古文書を大きな文机の上に大事そうにそっと並べ出した。

二人の門弟が師の左右から離れて、お互い向き合う位置へ移り、これで文机の四辺が四人によって囲まれた。

二人の門弟は、師が前屈みに伸ばした手より古文書を受け取って、並べるのを手伝った。一冊一冊丹念にそろりと。

お祖母様《ばばさま》は古文書が放っている特有の黴臭《かびくさ》さを鼻に感じながら、学者たちのゆるやかで慎重な作業を見守った。

御殿風に建てられている傷《いた》みの目立つ古い曽雅家には、その広大という表現が許される庭の東西南北に様様な形式の「くら」が何棟も存在している。

穀物《こくもつ》を収蔵するため弥生《やよい》時代に現われ出した「くら」は、時代の変化にしたがってその役割を多様化させてきた。

たとえば田畑からの収穫物（米など）を収蔵するための「**倉**」、古代から今世《いまよ》に至る間に有力者の誰彼から贈られた貢献物（みつぎ物）などを収める「**蔵**」、更には曽雅家に代代伝わってきた大量の古い武具を保存する「**庫**」、そして膨大な量の古文書、絵画、美術品などを収蔵する「庫」、などである。とくに鎧《よろい》、鉄砲、弓矢、槍刀、薙刀《なぎなた》、軍旗などの古式武具などは一点一点が嵩《かさ》ばる傾向が強いため「庫」には収まりきらず、「蔵」などの一部をも占領していた。

これは曽雅家での現実的な悩みでもあった。一点一点が古過ぎるから「文化的価値が高い」というお祖母様《ばばさま》の判断もあって、簡単には処分し切れないでいる。

「さて……」

五井持軒は背すじを伸ばして、お祖母様《ばばさま》と顔を見合わせると、滑らかに喋り出した。

「お祖母様《ばばさま》と私との付き合いは、私が古代蘇我本宗家とお祖母様《ばばさま》曽雅家とのかかわりに強い関心を抱いたことから始まった訳ですが、これについての研究と解明がいよいよ大詰に入ったと思われたところで、大変な事実が判って参りましたよお祖母様《ばばさま》」

「大変な事実？」

「はい。これまで伝えられてきた歴史を覆《くつがえ》すような大事実、と大袈裟に申し上げても宜しいかも知れません」

「な、なんと……驚かさないで下さいましよ持軒先生」

「いや、大いに驚いて下されて結構だと思います。ともかく結論から申し上げましょう……村瀬《むらせ》登《のぼる》君、古文書をお開きして差し上げなさい」

五井持軒が右手側に座っている若き門弟村瀬登に頷いてみせながら穏やかに命じた。

「畏《かしこ》まりました」

村瀬登と呼ばれた二十四、五くらいに見える門弟が、ちょうど自分の前にある古文書の一冊に両手を伸ばし、薄い板ガラス（日本でのガラスの初製造は古墳時代）でも持つかのように恐る恐るそれをお祖母様《ばばさま》の前へと移した。なにしろ傷みのひどい古文書だ。

村瀬登がそれの中程の頁《ところ》を、うやうやしいばかりに丁重に開いて、ホッとした表情を拵えた。つまり、これから師が話さんとすることが、どの古文書のどの頁あたりに絡んでいるか、門弟（たち）は心得ているということであろう。

その開かれた古文書の頁に視線を落として、お祖母様《ばばさま》がむつかしい不機嫌《ふきげん》そうな顔つきとなった。小さな文字がびっしりと埋まっているそれは、難解そうな漢文であった。しかもところどころが虫喰い穴で、文字落ちしている。

「実はお祖母様《ばばさま》、結論に近い部分から順次率直《そっちょく》に申し上げますとですね……」

五井持軒はそこで言葉を切った。聞く側に準備の気持を持たせるためだった。

「はい」

お祖母様《ばばさま》がこっくりと頷く。影武者和右衛門が拉致された真っ只中に置かれているお祖母様《ばばさま》多鶴であった。すでに肚構《はらがま》えは調《ととの》っていた。今日《こんにち》まで幾つもの顔を演じる波瀾万丈の中を生き抜いてきたお祖母様《ばばさま》である。小柄なやさしい気性《きだて》の老女ではあっても、その背に「烈火」を隠し持っている。

「どうぞ持軒先生、率直に……」

ぐっと持軒先生の目を睨みつける眼差《まなざ》しのお祖母様《ばばさま》であった。

「ええ」と頷き返して五井持軒がいよいよ切り出した。

「お祖母様《ばばさま》。『古代蘇我本宗家』と、今世《いまよ》で和右衛門様を御当主となされている『お祖母様曽雅家《ばばさま》』との関わりにつきまして、お祖母様《ばばさま》ご了解のもと長きに亘って調べて参りましたが、『古事記』にも『日本書紀』にも記されておらぬ重大な事実を、当屋敷よりお預り致しました古文書の中に発見いたしました」

「この部分でございます」

師の言葉がひと息つくや否や、門弟村瀬が右手を伸ばし人差し指の先で、お祖母様《ばばさま》の前で頁を開けている古文書中央部分の数行を、円《まる》を描くかたちで差し示した。

「いま村瀬が差し示した部分は大変難解な漢文である上に文字が掠《かす》れ、虫喰い穴も甚《はなは》だしいですが、難解な漢文中の僅か数行の中に、『大王』という表現が二度、『本宗家蘇我』が三度、『臣姓近衛《おみせいこのえ》』が一度、『豊浦山《とようら》』が一度、そして今世におけるこの屋敷の姓つまり『曽雅』が一度です」

聞いていたお祖母様《ばばさま》の表情が、みるみる青ざめ出した。とくに「臣姓近衛」

と聞いた直後から、それは顕著《けんちょ》であった。なぜならお祖母様《ばばさま》は、ひょっとして古文書は一千年近くは昔のものではなかろうか、と推測していたからだ。

それほども遥か遠い昔の古文書に、まさか「臣姓近衛」なる表現が登場してくるなど、さすがに予想だにしていなかったお祖母様《ばばさま》多鶴であった。

五井持軒は言葉を続けた。いや、多鶴の方が口の利けない心理状態に陥っていた、と言い改めるべきかも知れない。

「で、一体どういう事が記されているのか、という点について簡略に判り易く申し上げますとね。『古代王朝』に大権力者として仕え中央集権の基盤を確立させ仏教文化をとり入れるなど国家形成の大貢献者として豊浦山（甘樫山《あまかしのおか》）に拠点を置いた『古代蘇我氏』が、大王親衛隊であった『臣姓近衛』軍団の最高統括者『飛鳥氏《あすか》』に対しその忠誠を讃えるべく、大王（天皇）の許可を得て『曽雅』の称号つまり今世《いまよ》におけるこの屋敷の姓『曽雅』のことですね、それを与えたと記されておるのです」

「な、なんと……」

多鶴は目を大きく見開いて絶句した。

「つまりですねお祖母様《ばばさま》。古代の大権力者蘇我氏と、今世における曽雅氏とは血族的な関係は一切存在しない、と判明した訳ですよ」

「なんということじゃ……なんということじゃ……」

多鶴は唇をぶるぶると震わせ、拳を握りしめた。

五井持軒は明快な口調で言い切った。

「臣姓近衛という組織の頂点に君臨した飛鳥氏の忠誠ぶりについては詳しく書かれていますが、それの説明に入ることは長くなりますから省略いたしましょう。ただ、大王側近として武炎派であった飛鳥氏が大きな力を有していた点については疑う余地が無く、したがって大権力者蘇我氏はこの力を自分側へ取り込むことで、更に己れの長期安泰《あんたい》を計算し、反蘇我勢力への対処力を強化したのだと考えられます」

「要するにこの祖母《ばば》から見て、古代蘇我氏は他人様なのですな持軒先生」

「はい。仰せの通りです」

「古代蘇我氏は、今世におけるこの屋敷の姓『曽雅』を飛鳥氏とかに授与するについて、間違いなく天皇の許可を求めた上で、と記されておるのですな」

「記されております。但し、天皇ではなく大王という表現となっております。お祖母様《ばばさま》もおそらく御存知のことと思いまするが、この時代（飛鳥時代）は色色な意味で大王から天皇へと『君主の号』が変遷《へんせん》してゆくいわゆる過渡的な過程でございました（歴史的事実）から、大王はつまり天皇という御解釈で結構かと考えます」

「左様ですか……我が曽雅家は、古代蘇我家とは関係ございませなんだか。血のつながり無き全くの他人様でしたか」

呟くように言い終えて、多鶴は老いた小さな肩をがっくりと落とした。相当にこたえている。

「ですがお祖母様《ばばさま》。今世におけるこの御屋敷の称号、でもある姓『曽雅』は、栄誉ある飛鳥氏の末裔《まつえい》であることがはっきりと致したのです。そしてこの飛鳥氏は『曽雅』という称号を大王の許可を得て古代蘇我氏より授与されて以降、次第次第に豪族へと発展してゆく過程が、この古文書に非常に難解な漢文で、しかし明確に記されております」

「なるほど……古代蘇我氏の下《もと》で豪族への道を歩み出したということですかの

う」

「そういうことです。尤《もつと》も古代蘇我氏の下《もと》で見守られつつの豪族への成長、ということですから大豪族へ成長という訳には参りません。当然、上から抑《おさ》え込もうとする力はそれなりに作用しておりましたでしょう。それでも近衛軍団の長官としての大王の信任厚くまた古代蘇我氏の筆頭的右腕に位置付けされていたことは間違いありませぬ」

「う、うむ……」

お祖母様《ばばさま》はどこかまだ無念そうであった。悲し気でもあった。

「これ迄にお祖母様《ばばさま》は、この御屋敷の伝承として、飛鳥氏の名を御当主様や御先代様より聞かされたことはありませぬか」

「ありませぬ、全く……」

そう答えたお祖母様《ばばさま》の目が潤み出していると判って、五井持軒は少し困惑した。

「お祖母様《ばばさま》。結論から先に申し上げるかたちとなり、大層驚かれたことと思いまする。しかしながら、この御屋敷の伝統と栄誉はいささかも損なわれてはおりませぬぞ」

「真《まこと》にそう考えていなさいまするか持軒先生」

「はい。真《まこと》にそう考えておりますとも。くどいようですが古代を繙《ひもと》いて申し上げれば、皇極《こうぎょく》天皇（在位六四二～六四五）の御代《みよ》に忠誠する有能な大臣として仕《つか》えていた大権力者蘇我蝦夷《そがのえみし》と、権力の行使では常に強硬的であったと伝えられているその子入鹿《いるか》に突如として訪れた潰滅《かいめつ》的な不幸……」

「うん、中臣鎌足《なかとみのかまたり》（のちの藤原鎌足）と中大兄皇子《なかのおおえのおうじ》（舒明《じょめい》天皇の第一皇子）の非情なる武力決起（クーデター）とかによって、蘇我入鹿《そがのいるか》が飛鳥板蓋宮《あすかいたぶきのみや》（現、奈良県高市郡明日香村大字岡飛鳥あたり）へ言葉うまく騙《だま》し誘われて斬殺《ざんさつ》され、前途殊《こと》の外《ほか》多難と観念した蘇我蝦夷《そがのえみし》が自害したあれ……乙巳《いっし》の変《へん》（皇極四年、六四五）じゃな」

「それでございます。その乙巳《いっし》の変《へん》で古代蘇我家いわゆる蘇我本宗家はまぎれもなく断絶したとされております一方で、皇極天皇の許可を得て蘇我本宗家が飛鳥氏に授与したとされるこの御屋敷の称号『曽雅』は、いま文机の上に並んでおりまするこの古文書が今日まで発見されなかったばかりに、蘇我本宗家の血を継ぐ、唯一《ゆいいつ》の家系ではないかと語り継がれて参った訳です」

「それを……その伝承を持軒先生の優れたご研究がものの見事にいま打ち砕かれましたのじゃ。ものの見事にのう……」

「いやあ、お祖母様《ばばさま》。そういう言い方を致されまするも正直、私は大変辛《つろ》うございまする。歴史の真実を解き明かして先ずお祖母様《ばばさま》に喜んで戴こう、という気持が強うございましたゆえ」

「まあまあ聞いて下され。確かにこの祖母《ばば》はのう持軒先生。いささか残念無念じゃと思うておりまする。けれどもその一方で妙にホッと致しておりまするのじゃ。妙にホッとのう……」

「おう。そう言《ゆ》うて下さいますと私も胸をなで下ろしますよ。いやあ、安堵《あんど》いたしました。やはり、滅亡した蘇我本宗家の唯一のお血筋ではないか、という言い伝えは、お祖母様《ばばさま》にとっても心の御負担であられましたか」

「そりゃあ、もう……」

と、多鶴は微かに苦笑を窺わせただけで、口を閉じた。「御当主」として立ててきた和右衛門が〝影武者〟であっただけに、「実質的な御当主」であった多鶴が受けた重圧は「そりゃあ、もう……」大変なものであった。名族曽雅家を守り抜いてゆくための百面百装（色色な装いで色色な顔を演じる）は筆舌に尽くし難《がた》い苦労であり負担だった。

「ですがねえ、お祖母様《ばばさま》……」

五井持軒が何とはなし意味あり気な笑みを口元に見せた。やさしく細めた目がこれも意味あり気だった。

「もう一つ御報告したい大事な研究成果があるのですよ」

五井持軒はそう言うと、村瀬登と向き合う位置に座っている、四季を問わず毎日泳いでいるのではと思わせるほどに褐色肌な凛乎《りんこ》たる印象の青年に「加賀《かが》田《た》君あれを……」と頷いてみせた。

「はい、承知致しました」

色黒な加賀田が応じ、一瞬ではあったが鋭い目つきでお祖母様《ばばさま》を一瞥《いちべつ》してから「宜しくお願い申し上げます」と丁重に頭を下げる。

お祖母様《ばばさま》はほとんど知らぬ振りで、その視線は疑い深そうに五井持軒を捉えていた。次は一体何を言《ゆ》うてくれるのやら……という一抹《いちまつ》の不安を覗かせつつ。

村瀬登が「失礼致します」と両手を伸ばし、お祖母様《ばばさま》の前からそれまでの古文書をそろりと取り去って元の位置へと戻した。

その空いたところへこれも「失礼致します」とお祖母様《ばばさま》に断わりながら、加賀田が前《さき》の古文書よりも厚めのものを二冊並べて置いた。

「お前様は剣術でもなさるのかえ。ごつい手《て》をしていなさるが」

加賀田《かがた》という門弟の手を見ながら、たいして興味なさそうな口調で力無く切り出したお祖母様《ばばさま》であった。

「は、はあ……」と青年が口を濁《にご》すと、五井持軒が笑顔で口を挟んだ。

「加賀田太三《かがたたいぞう》君は小野派《おのは》一刀流をやるのですよ。長旅には何かと心強いですから同行して貰いました。私の塾の監事にも就いて貰っております。剣術だけではなく学問もなかなかです」

「お幾つかな」

「二十六になります」

これは本人が答えた。切れのよい口ぶりであった。

「年が明けると二十七じゃな。独《ひと》り身《み》かえ」

「はい」

「誰ぞよい女性《ひと》がおりましたなら、ひとつ御世話を頼みまするお祖母様《ばばさま》」

持軒が言ったが、「うん、よしよし……」と応じたお祖母様《ばばさま》の表情は、気乗り薄な感じであった。

「それでは加賀田太三君。むちよろずりょうめんかんぜおんぼさつ、に関しては君の方から御説明申し上げなさい。順を追うようにして判り易くな」

「承知致しました」

「むちよろずりょうめんかんぜおんぼさつ、とな?」

お祖母様《ばばさま》が言って、皺深い顔が呆気《あっけ》に取られたような表情を拵えた。なんのことやら意味が判らないのであろう。

五井持軒が言った。

「この御屋敷にとって非常に大事なことですよお祖母様《ばばさま》。加賀田太三君に判り易く説明させますが、意味不明な点あらば幾度でもお訊ね下され」

「当然じゃな先生」

憮然《ぶぜん》と応じるお祖母様《ばばさま》に、思わず苦笑を漏らす持軒先生だった。

「それでは五井持軒先生によります古文書の解明について説明、あ、いえ、報告させて戴きます。宜しく御願い致します」

「うむ」

お祖母様《ばばさま》が頷いた。渋い顔つきであった。

加賀田太三がお祖母様《ばばさま》の目の前に置かれていた二冊の古文書に手を伸ばし、黄色い紙片が挟まれている頁《ところ》をそっと開いた。

「村瀬君。私の報告に沿うかたちで、該当する文章について指先でお示しして差し上げるように」

「心得ました」

加賀田太三に言われて、村瀬登がそれまで座っていた位置から立って、お祖母様《ばばさま》の横へ小さくなって正座をした。

加賀田太三の報告がはじまった。聞き取り易い響きの若若しい声であった。

「さきほど五井持軒先生が申されましたように古代蘇我本宗家は、朝廷（大王＝天皇）の許しを得た上で、『臣姓近衛』軍の長官であられた飛鳥氏、つまり当家の御先祖様に対し、この御屋敷の現在の号である『曽雅』の称号をまぎれもなく授与されました。これについては御納得下されましたでしょうか」

「納得というより驚いたわい。ただただ……のう」

「はあ……で、その『曽雅』の称号の授与でありますが、この称号を『永久世襲』として他者の使用を朝廷として許さぬための証書を、大王自らの手で発行し、むちよろずりょうめんかんぜおんぼさつの立像に大王が御署名なされて、飛鳥氏にお与えなされました」

「この部分を取り敢えずゆっくりと流し視下《み》さいますか……」

村瀬登は背すじをやや伸び上がらせるようにして囁くと、お祖母様《ばばさま》の目の前にある古文書の前半数行の上を指先で差し示した。指先が古文書に触れぬように気遣いながら。

村瀬登の指先の動きに視線を合わせ、無言ではあったが「うん、うん……」という具合に頷いていた多鶴が突如、「あっ」と悲鳴に近い叫び声をあげた。

それは飛鳥氏を先祖とする――と判明したばかりの――名族「曽雅」家を取り仕切ってきたお祖母様《ばばさま》多鶴には不似合いな叫びだった。

「どうなされました」

「こ、これは持軒先生……」

「どうなされました」

五井持軒は同じ言葉を二度使い、腰を浮かせるとお祖母様《ばばさま》の方へ上体を傾けた。

「こ、この古文書に記されておりまする『六千万両面観世音菩薩《ろくせんまんりようめんかんぜおんぼさつ》』とも読めるこれが『むちよろずりょうめんかんぜおんぼさつ』と申されまするのか」

「いかにも左様です。いまお祖母様《ばばさま》の前に置いてございます二冊の古文書を丹念に繰り返し読み、虫喰い穴や掠れ文字などを推測できる表現で一つ一つ埋めていった結果、『六千万両面観世音菩薩《ろくせんまんりようめんかんぜおんぼさつ》』は『むちよろずりょうめんかんぜおんぼさつ』と判読すべき、と確信出来ました」

「もっと具体的にお教え下され先生……」

「はい。六千万《むちよろず》とは六千万の多方向つまり『全世界』を意味いたしまする。そして両面とは『東西の両面』及び『南北の両面』要するに四方多方向を意味し、これも『全世界』を指している表現でございます。でありまするから……全世界を普《あまね》く（広範囲の意）見回して人人に安寧《あんねい》（平和な秩序社会の意）を齎《もたら》して下さる位《くらい》高き観世音菩薩様、と捉えて下さいますことで間違いございません」

「その位高き観世音菩薩様の立像を、大王様は飛鳥氏に対し、即《すなわ》ち、この曽雅に対し下された、と古文書は言っておりますのじゃな」

「その通りです。それらしき菩薩の立像をお祖母様《ばばさま》はこれ迄に見たことはございませなんだか」

「この祖母《ばば》は知らぬ。大王様の御署名がある畏れ多い菩薩様の立像など見たことも聞いたこともありませぬよ」

「そうですか。では、それを発見する作業が、これからの私の大事な研究課題となって参りましょう」

「その有難い菩薩像とは、どのような像なのかのう持軒先生。お教え下され」

問いかける多鶴の顔は、青ざめ気味であった。ついに「六千万両」という姿形無き古代の財宝が、考えもしていなかったとんでもない「かたち」で目の前に出現したのだ。

　和右衛門が拉致されたままの深刻な状況にあるだけに、そのとんでもない「かたち」は多鶴を尚のこと苦悩の底に突き落としていた。

「判りましたお祖母様《ばばさま》。申し上げましょう。加賀田君、菩薩像の件《くだり》を開けて……」

「畏まりました」

加賀田太三が、丁寧にその件《くだり》とかを開いて、五井持軒がゆっくりと物静かに喋り出した。

「菩薩像について語る前に、先ず蘇我本宗家全盛期の海の向こうの国国《くにぐに》について申し上げておいた方が宜しいかと思います」

「古代蘇我家の全盛期と申せば先生、海の向こうの大陸は唐《とう》の国、聡明で公明正大で知略に優れた太宗《たいそう》皇帝（第二代皇帝、五九八年〜六四九年）の治世じゃったな」

「はい、仰る通りです。驚きました。さすがによく御存知でいらっしゃる。そして日本に近い半島（朝鮮半島）には百済《くだら》、新羅《しらぎ》、高句麗《こうくり》などが衝突し合って存在しておりました」

「百済では義慈王《ぎじおう》（?〜六六〇）が新羅に攻め入り、高句麗では宰相《さいしょう》の泉蓋蘇文《せんがいそぶん》（?〜六六五）が国王および大臣以下の貴族を惨殺《ざんさつ》して新羅を狙い、新羅は女王交代問題で内乱状態に陥った……この祖母《ばば》の自学自習はこの程度のものじゃが先生、言《ゆ》うたことに誤りがあったなら許して下されや」

「ははは、お祖母様《ばばさま》は充分に自信をお持ちになってお宜《よろ》しいですよ。さて……」

そこで言葉を切った五井持軒は目を細めて微笑んだ。

「いみじくも今お祖母様《ばばさま》が仰いました太宗皇帝の唐の国。この国に皇帝お気に入りの徳の高い仏師で眼開《げんかい》という人物がいましてね。この老師が、唐から日本へ帰国する留学僧や学問僧と共に、朝廷の国賓《こくひん》として来日したのです」

「ほう。朝廷の、つまり国家の『国賓』としてのう……で、その眼開《げんかい》老師に六《む》千万《ちよろずりよう》両面観世音菩薩《めんかんぜおんぼさつ》像をつくるよう、天皇（大王）がお命じになった？」

「ええ。大王はこの眼開《げんかい》老師を大層気に入られたのです。大王のみならず、朝廷の官僚たちにも非常に気に入られた、と申しても過言ではないと考えます。朝
村瀬登君、その件《くだり》をお祖母様《ばばさま》にお示しして差し上げなさいよ」

「あ、はい……ここから、ここまでの八行でございます」

村瀬登が指先で差し示した中ほど八行に、お祖母様《ばばさま》はチラリと視線を落として小さく頷きはしたが、直ぐにまた五井持軒へ視線を戻した。

「日本の朝廷は何故、六千万《むちよろず》両面観世音菩薩像《りょうめんかんぜおんぼさつぞう》を依頼するほどに、眼開《げんかい》老師が気に入ったのかのう？」

「いわゆる広い意味での有職故実《ゆうそくこじつ》を見事に心得られた非常に立派な人格者であったからです。朝廷の国賓として迎えられた者は如何《いか》にしてそれに真摯《しんし》に対応する責任を負っているか、という点について実に優れておられたのです」

「ここの六行でございます。お祖母様《ばばさま》」

村瀬登がはじめて〝お祖母様《ばばさま》〟という表現を用い、頁のおわりの方の六行を指差した。

今度は、多鶴はそれに落とした視線を、ゆっくりと二度繰り返すようにして滑らせ「なるほど、なるほど……」と相槌を打った。

五井持軒が淡淡とした口ぶりで言った。

「今成金《いまなりきん》とか、精神《こころ》の豊かさや聖《きよ》さを欠いた環境で育った『精神《こころ》の無学者』にとっては、広い意味での有職故実であっても難解なものです。たとえば国賓として招かれておりながら、その国が真心を込めて調《ととの》えた宿舎や行事や食事についてまでを、気に入らないと一方的に拒んだりする。それがどれほど、その国や民《たみ》を侮辱《ぶじょく》していることになっているのか全く気付いていない……しかし、さすが眼開《げんかい》老師にはそのような『精神《こころ》の無学者』的なところなどは微塵も無かったのですよ。真《まこと》に博学《はくがく》で素晴らしいお人柄だったのです」

「うむ」

お祖母《ばば》様《さま》は満足気にこっくりと大きく頷いてみせた。それまでの青ざめ気味な顔が、かなり和《やわ》らいでいた。

因《ちなみ》に五井持軒が口にした「有職故実《ゆうそくこじつ》」について述べれば、狭義《きょうぎ》には主に平安時代以降における朝廷の儀式典礼など国家的作法の根拠となるべき歴史的先例、歴史的先規など「歴史的に事実であったもの」を故実《こじつ》と称し、その故実（さまざまな）に優れて精通すること、あるいは優れて精通する人を有職《ゆうそく》（ゆうそことも）といった。

「持軒先生の申されまする通りじゃ。本当にその通りじゃ。特にのう、一国の宰相たる者が朝廷あるいは幕府の国賓として招かれたる場合などは、招いて下された相手国の有職故実に沿った慣例や行事や規律といったものを尊重《そんちょう》し理解する謙虚な心掛《こころが》けを欠いてはなりませぬ。大きな配慮で学び取る心を持たねばならぬ。それを平気で欠く不心得者《ふこころえもの》こそが持軒先生の申された『精神《こころ》の無学者』なのでありましょうなあ。賓客として招かれたる者が国家の重鎮《じゅうちん》であればありまするほど、そのような『精神《こころ》の無学者』に陥ることは許されませぬよ。そうではありませぬかのう持軒先生」

「これは恐れいりました。全くその通りでございまするよ、お祖母様《ばばさま》。真《まこと》にその通り……いやあ、実にその通り」

五井持軒が大いに破顔して目を細めた。

「で、先生……」

多鶴は、先程より最も気になっている点について、いよいよ訊ねようとし、皺深い顔を再び青ざめ気味に硬くさせた。

五井持軒の表情が「ん？」と、これも少し身構える。

多鶴が切り出した。

「大王にも朝廷官僚たちにも大層気に入られた眼開仏師《げんかいぶつし》殿が手がけた観世音菩薩像じゃが先生、大きさはどの程度のものですかのう」

「それについてはよくは判りませんのですお祖母様《ばばさま》。形状や寸法などについて古文書には明確に記されておりませんのですよ。ですが、この文机の上にある古文書を丹念に読みつないで参りますと、ぼんやりとですが一つの姿形が浮かんできましてなあ」

「ほうほう……」

「これはあくまで古文書を読み解いた私の推測でしかありませぬが、寸法は凡《およ》そ一尺（約三〇・三センチ）……」

「一尺……随分と小さいですのう」

自分が予想していた大きさとは、余りに違い過ぎていたのか、多鶴の面《おもて》に失望にも似た色がチラリと浮きあがった。ただそれは、自分の話し方、言葉の一言一言に慎重になろうとしている持軒に気付かれる程の様子《もの》ではなかった。

「それで形状ですがね。正座の姿勢のままでやらせて戴きますが……」

持軒はそこで一息つくと、頭の中で何かを整理しようとでもするかのような面差《おもさ》しで、視線を中空に泳がせ、両手を胸の前あたりで二度、三度と迷い組みしてみせた。そして……

「うん、こんな具合ですかな」

背すじを伸ばした綺麗な正座の姿勢で持軒が演じ切って見せた、古文書から推測し想像した観世音菩薩の姿は、実にやさしく美しくやわらかな気高さに満ちていた。

表情をハッとさせた多鶴が思わず持軒に向かって目を閉じ両手を合わせ、

「南無《なむ》観世音菩薩……南無観世音菩薩……」

と唱《とな》える。ひたすら一心に拝み唱えれば七難の苦厄《くやく》を救い給《たも》うというものである。

多鶴の両の目尻に小さな涙の粒さえ滲み出たが、しかし直ぐに現実に引き戻されたかのようにして目を見開き、合掌を解いた。

「その一尺寸法の有難い菩薩様の立像じゃがのう持軒先生。素材は判りませぬのか。金とか銀とか銅とかのう」

「金です。これは古文書の何箇所かにはっきりと記されております」

「金……ですか」

古代において権力により私《わたくし》した六千万両を戻せ、と言い放った般若共の声が多鶴の耳の奥に甦った。

（一尺寸法の金では、とうてい六千万両とはならぬ……）

胸の内で呟いた多鶴に、五井持軒が追い討ちを掛けた。

「但しお祖母様《ばばさま》。芯となる素材は木彫りです。その表面に金色《こんじき》を塗布《とふ》したか、あるいはまた金箔《きんぱく》を張り付けたかでありましょう。私は前者であろうと考えておりまするが」

多鶴は胸の内で苦笑した。何となく、ほっとした苦笑であると自分で判った。純金製などではなくて「よかった……」と思った。質素を貫いて今日まで守り抜いてきた「曽雅家」である。古代蘇我本宗家の末裔《まつえい》と信じてきた誇りも、目の前にいる優れた学者が、解《と》いて溶《と》かして、「飛鳥氏の末裔」という新しい事実を浮き上がらせてくれた。それでよい、と多鶴は自分を納得させた。両の肩が軽くなったような感じが、しないでもない。黄金《おうごん》などというきらびやかな物は、この年寄りには似合わぬ、とも思った。

「ですがのう、お祖母様《ばばさま》……」

「はい……先生」

多鶴は学者持軒の目を見た。澄んだいい目をしていなさる、と改めて感じた。この学者が解き明かしてくれるなら、如何なる歴史的事実であろうとも受け入れなければならぬ、と自分に言って聞かせる多鶴であった。

持軒先生が言った。

「この御屋敷が飛鳥氏の末裔であるということは、ほぼ確実であると考えて戴いて宜しいかと思います。あとは大王より授与された眼開仏師の菩薩立像およびこの御屋敷の称号「曽雅」の姓を永久世襲として認めた大王証書、この二点の発見に努めねばなりませぬ。が、これにつきましては引き続き私が自分の研究課題として側面よりお手伝いさせて戴きたく存じます。お許し下さいましょうか」

「どうぞして、この祖母《ばば》の力になって下され。どうぞして……」

多鶴は静かに頭《こうべ》を下げて、額をそっと文机の角に触れさせた。

「あ、それからのう、お祖母様《ばばさま》。『臣姓近衛』という君主の親衛隊には、とくに優れた特殊な武者《もののふ》の一団が含まれていた、と古文書には一行だけじゃが簡単に記されておりました。おそらく今世で言う忍びのような特殊能力集団ではないかと勝手な想像を膨らませておりまするのじゃが……これの解明も私に進めさせて下され」

「はい……」

多鶴は言葉短く応じた。何か心当たりがあるかのように、視線は伏せ気味であった。

「あと、もう一点申し上げておかねばなりませぬ。これは私ではなくて、古文書の紙質や文字墨《すみ》の色などについて研究を進めている加賀田太三君が気付いたことなのですが、いま文机の上に置かれております古文書は謄本《とうほん》（写本）であって、正本《しょうほん》（原本）は別にあるのではないか、と申すのです」

「ええっ」

これには多鶴は目を丸くして驚いた。

「では同じ内容の古文書が別に存在する、ということですかな」

「左様です。加賀田君の指摘に私も大変驚いたのですが、この御屋敷の庫の山積みの古文書の中にか、あるいは全く別の場所の誰かの手の中にでも存在するのでは、ということになります」

「これは驚きましたわい」

「はい。私も本当に驚きました。が、まあ、これに関しましても私と加賀田君に調べさせて下され」

「ええ、ええ、そりゃあもう。この祖母《ばば》の力ではどうにもなりませんからのう」

お祖母様《ばばさま》多鶴は、疲れ切ったように、深い溜息を吐いて持軒先生と目を合わせた。

持軒先生は学者らしく、品よく物静かに微笑《ほほえ》んでいた。

二十二

お祖母様《ばばさま》多鶴は表門を背にして立ち、持軒先生と二人の門弟の後ろ姿が遥か先、「曽雅の道」の角を折れようとする直前まで、身じろぎもせず直立不動に近い姿勢で見送った。

秋の陽《ひ》はまだ高い。

三人が振り向いて丁重に頭を下げたので、多鶴もそれに応じた。

曲げた腰を元に戻してみると、三人の姿は多鶴の視界から消えていた。

「どうか幾日なりとゆっくり泊まっていって下され」、と多鶴が二度、三度と頼んでも、持軒先生は「神話伝説の調べで今日中にどうしても蟹満寺《かにまんじ》そばの学者仲間を訪ねて議論をする約束になっておりますのでな」と、学者らしい固辞の仕方であった。

奈良町からだと左程に遠くはない南山城の真言宗智山派蟹満寺（京都府木津川市《きづがわし》山城町《やましろちょう》綺田浜《かばたはま》）の名についてはむろん知っている多鶴であったが、その寺あるいはその地域に如何なる神話伝説が残っているのかまでは、さすがに知っていない。

たとえば蟹満寺には――。

この寺の本尊である聖観音（現在は釈迦如来《しゃかにょらい》）を信心していた心の清い美しい娘がある日のこと河原で元気な子供たちに捕まっていた大きな蟹を助けて川に放してやった。そのあと娘が邪《よこし》まな蛇に幾度も求婚され後をつけられたりして困り果てていたところ、娘に助けられた蟹が聖観音に姿を変えて現われ、蛇をやさしく諭《さと》し教え娘への恋心を諦めさせて、恩返しをした――というような伝説が残っている（歴史的事実）。

多鶴は表門を一歩入ったところで立ち止まると、初層屋根、二層屋根を支えている太く古い柱を見上げて、さも愛《いと》おし気《げ》に撫でた。

「お前もいよいよ傷《いた》んできたのう。そのうち手を入れるでな。もう暫く辛棒《しんぼう》して頑張っておくれや」

柱を十文字に貫いている「貫《ぬき》」のあたりが、微かにギギッと軋《きし》み鳴ったようだった。語りかけてくるようなこの軋み鳴りには、多鶴の耳は馴れている。

「よしよし……共に仲良く更に老いを深めていこうぞ」

屋敷内《うち》へと門を潜り出た多鶴は、初層屋根を下からがっしりと支えているかのような九段の鮮やかな組物「挿肘木《さしひじき》」にも、語り掛けてくるような稚児《ちご》棟や隅棟にも「うんうん……」とか、「もう暫くな、もう暫くな……」とか語りかけ、門を見上げ見上げしつつ離れていった。

多鶴が愛おし気にそう語り掛けてやらねばならぬ程に、確かに傷みの目立っている楼門（表門）だった。母屋の建物と共に創建された時代は、もうひとつはっきりとしておらず、持軒先生の研究課題の一つともなっている。

ただ古代蘇我本宗家につながる屋敷ではなく、君主親衛隊であった「臣姓近衛」の長官飛鳥氏（曽雅氏）につながる屋敷であることだけは、どうやら判然としたのだ。

いずれにしろ古代の上級武者《むしゃ》の屋敷であることに間違いはない訳だ。飛鳥氏が就いていた「臣姓近衛」長官の地位も、矢張り強大な権力（者）の一つとして眺めるべきであろう。しかしながら、楼門から屋敷内《うち》へと次第に離れてゆく多鶴の老いた小さな背中は、明らかに淋し気であった。それはそうであろう。「古代蘇我本宗家のお祖母様《ばばさま》」との自覚を忘れず、夫和右衛門の亡きあと、必死でこの屋敷を支え、大勢の傭人たちの生活も血の滲むような頑張りで面倒を見てきたのだ。だが、蘇我本宗家は御先祖様ではなかった。信頼できる大学者によって否定されたのだ。

「よくぞ、ここまで曽雅の力だけで来《こ》れたものじゃ……真《まこと》に神君家康《いえやす》公（徳川家康）の御蔭じゃなあ」

多鶴は呟いて立ち止まり、澄んだ秋の空を仰いで大きな溜息を一つ吐いた。

戦乱の世を鎮めて天下を統一した徳川家康は全国の領地割りの際、曽雅家が広大な田畑《でんぱた》を長い時代に亘って抑えてきた事実を知って驚愕した。調べてみると古代朝廷とは切っても切れない間柄にあった蘇我家につながる血統であるというではないか。

そこで徳川家康は、曽雅家の広大な田畑には一切《いっさい》手を付けず「天領永久対象外」として扱うことを決断して朱印状に近い「認証状」を発行したのだ。徳川将軍家で天下哲学とも称されている家康のこの大所高所《たいしょこうしょ》（私情を捨て小さな事にこだわらない哲学的視野）は、見事という他ないものであった。

大和国《やまとのくに》における曽雅家の穏やかで強大な治世的影響力を、形も色も姿も大きさも深さも変えることなく、そのままずっぽりとやさしく「徳川の懐《ふところ》」へ飲み込んだのである。下手にいじれば、かえってあちらの穴から、こちらの穴から炎《ひ》を噴《ふ》きかねない、という真に天下の覇者らしい鋭い判断力であった。

「古代蘇我氏ではのうて、古代飛鳥氏じゃった、と将軍家に報告せねばならぬかのう」

はあっ、とまた溜息を吐いて、とぼとぼと歩き出すお祖母様《ばばさま》であった。

その足は玄関式台の方へは行かずに、屋敷の赤壁（土塀）に沿うかたちで庭を真っ直ぐに奥へと進んだ。

やがて右手の木立の中に、寄棟造茅葺《よせむねづくりかやぶき》の田舎家《いなかや》風な小さな建物が、木洩《こも》れ日を浴《び》びてちらちらと見え出した。

茶室「寂心亭《せきしんてい》」である。この古くて小さな茶室が出来た時代も全く判っていないが、これは小さな造作だけに、今も手入れはそれなりに行き届いている。

多鶴は、宗次を見舞う必要があることを、忘れていた訳ではなかった。

しかし、今の自分の表情が、いつもの気力を失っていると判っていた。

広い庭を屋敷をひと回りするかたちで回って気分を穏やかにしてから玄関式台から入ろう、そう考えていた。

足元に視線を落とし少し背中を丸めたような姿勢で、多鶴は「寂心亭」を右手に置いて通り過ぎようとした。

「お祖母様《ばばさま》……」

囁き声があって、多鶴の歩みが止まった。

「寂心亭」の方へ如何にも力なく視線をやった多鶴の老いた顔が、「お……」となる。

そのあと小さく頷いて常緑の木立の中の細道へと入ってゆくお祖母様《ばばさま》多鶴であった。

出迎えた男は、心配そうな、同時に厳しい目つきの二本差しだ。

紫檀色の練士たち「飛鳥忍び」を率《ひき》いる柳生宗春である。

「どうなされました、お祖母様《ばばさま》。お顔の色が普通ではありませぬ」

「普通でのうて当たり前じゃろう。森の中であのような血の雨降る騒ぎがあって、まだ左程の刻《とき》が経っておらぬのじゃ」

「はあ、なれど……」

「この祖母《ばば》のことは案ずるな。別命あるまで待て、と申しつけておいた筈じゃ」

「むろん忘れてはおりませぬ」

「般若の者共の骸《むくろ》は片付けたのじゃな」

「御心配なく。誰にも見られることなく、飛鳥忍びの流儀にて二度と他人目《ひとめ》につかぬように致してございまする。なお、今後の調べに役立つかも知れませぬゆえ、般若面、貫頭衣、大小刀などは、御許しを戴かぬままに私の判断で古式武具の庫《くら》の扉を開け、奥深くに納めておきましたが」

「うん。その判断はそれでよい。で、何用あって此処へ参ったのじゃ」

「それでございますが……影武者御当主和右衛門様を既に救出いたしましてございます」

「えっ、いま影武者と申したな」

「はい。お祖母様《ばばさま》がお知りの事は、私も確《しつか》りと知っておくべきが御役目。それが忍びの頭領でありまする」

目つき厳しい宗春が余りにも、さらりとした口調で言ったので、怒りの目で「宗春、そなた……」と声を高めてしまった多鶴だった。

「恐れながら声をもう少し抑えて下さりませお祖母様《ばばさま》。実はすでに御当主様を救出、いえ、正しく申さば見つけ出しましてございまする」

「なんと、真《まこと》か宗春」

多鶴は目を大きく見開いて今度は声低く驚いてみせた。

「はい。配下の組のうち『ね組』の者たち十五名が、想定される拉致の道筋三本を三班に分かれて全力追走致しましたるところ、飛鳥川の上流尽きる辺り

『加夜奈留美命《かやなるみのみこと》神社』下の山道にて昏睡《こんすい》状態で放置されているところを見つけましてございまする」

「でかした。さすが〝犬の鼻〟の異名を持つ『ね組』の者たちぞ。飛鳥川上流尽きる辺りと申さば、般若共さては吉野《よしの》山中へでも連れ去る積もりであったか……で、影武者御当主殿は今どちらに？」

「こちらです」

宗春の鋭い目が、ギリッとした動きで傍の「寂心亭」へと流れた。

「なんと……茶室にか」

「はい。未だ昏睡のままですが、命に差《さ》し障《さわ》りあるようには見えませぬ」

「何ぞ飲まされたか、嗅がされたのであろうか」

「呼気《こき》からは微かにではありまするが曼陀羅華《まんだらけ》に似た香りが感じられまするが……」

「曼陀羅華に似た？……するとそれは漢方で言うところの催眠薬でもあるのじゃな」

「はい、その通りです。但し毒性が弱くはありませぬから余程に漢方医学に精通しておらぬ限り安易《あんい》に扱ってはならぬもの、触れてはならぬもの、と我我忍び衆は心得ておりまする。つまり御当主様を拉致した般若の組織の中には、相当に漢方医学に精通した優《すぐ》れ者がいるということでありましょう」

「うむ。ということは、決して単なる賊徒集団ではない、ということじゃのう」

「そう申して差し支えありませぬ。けれども突如として大和国《やまとのくに》に現われたる只《ただ》者《もの》でない凄まじい剣の人物により、般若の一党は一気に多数の戦闘武者を失い大打撃を受けたと考えられます。それにしても、あの人物の凄まじい剣は一体……」

「その御人《おひと》のことについては、今は宗春が口にすることではない。考えたり推測することもならぬ。さ、影武者御当主殿の顔を見せて下され」

「はっ。こちらへ……」

多鶴は宗春に案内させるかたちで、むつかしい顔つきで「寂心亭」へと近付いていった。

入母屋《いりもや》造茅葺に柿葺《こけらぶき》の庇《ひさし》を付けているこの茶室を多鶴の依頼により鑑定し

た茶道にも一見識ある五井持軒によれば、「立ち姿で出入り出来る貴人口《きにんぐち》が設けられている点を除けば、古田織部《ふるたおりべ》好みの茶室・八窓庵《はっそうあん》（奈良国立博物館に現存）によく似ているように思われる。ただ古さの点では寂心亭の方が遥かに昔……」であった。

古田織部（天文《てんぶん》十三年、一五四四～元和《げんな》元年、一六一五）は、豊臣秀吉に仕えて従五位下織部正《おりべのしょう》に叙任されたことで「織部」と称するようになった京都西岡《にしおか》三万五千石の領主であった。千利休《せんのりきゅう》について茶道を学び利休七哲（高弟七哲とも）の一人に数えられた程の茶人で、織部流茶道（古織流茶道とも）を編み徳川秀忠《ひでただ》（二代将軍）や諸大名を指導するなどで、いわゆる武家茶道を確立した傑人《けつじん》である（歴史的事実）。

天下統一の戦い「大坂冬の陣」では徳川方の武将に位置していた古田織部であったが、次の「大坂夏の陣」では豊臣方への内通の嫌疑を受け、大坂城落城を見届けるようにして京都伏見の自邸で、子の重広《しげひろ》と共に惜しいかな自刃《じじん》した（歴史的事実）。

「どうぞ……」

と、宗春が声低く二枚障子の一つを引きかけたとき、「待ちゃ……」とお祖母様《ばばさま》が囁いて、宗春の手が障子から離れた。

「のう、宗春や……」

「は……」

「祖母《ばば》はそろそろ影武者殿に真《まこと》の御当主様になって貰おうかと思うのじゃが」

「それはまた、どうしてでございまする?」

「哀《あわ》れなのじゃ、哀れでならぬ」

「確かに……影武者殿は、ようく務《つと》めて参られたようですなあ。この伝統ある古い御屋敷のために」

「宗春は許してくれるかのう」

「畏れ多いお言葉。許すも許さぬもありませぬ。影武者殿は私のような若僧が口出し出来ぬ程に長《なが》の務《つと》めをこの御屋敷のために貫《つらぬ》いて来《こ》られました。で、ありまするから、影武者殿のあれこれに関する限り私に口出し出来る資格などはありませぬよ。お祖母様《ばばさま》のお考えのままに、ご遠慮なくどうぞ……」

「それは其方《そなた》の真《まこと》の言葉と思うてよいのじゃな」

「一体どうなされました。いつものお祖母様《ばばさま》らしくありませぬ」

「弱気になっておる」

「弱気に？」

「ああ、弱気にじゃ。が、まあよい。さ、中へ入りましょうぞ」

「はい」

宗春が静かに腰障子を引いた。手入れが行き届いているのか殆ど音を立てない。

お祖母様《ばばさま》が先に貴人口を入り、宗春がその背に実の祖母《そぼ》にでも対するかのように軽く右の手を触れた。視線をお祖母様《ばばさま》の足元へと落とし、躓《つまず》かぬようにと気を配っているのが判る。

宗春が腰の刀を左の手に移し終えてから、貴人口の向こうへ入り終えたお祖母様《ばばさま》の後《あと》に、ゆっくりとした動きで続いた。

影武者和右衛門は、きちんと調えられた夜具に老いた体を預けて昏昏《こんこん》と眠っていた。顔色は悪くない。

多鶴と宗春は枕元に、そろりと座った。

「なんだかひどく老けてしまったように見えるのう宗春や」

「体のどこにも怪我は見られませぬ。夜具は母屋《おもや》御殿《ごてん》北側の大納戸《おおなんど》に納まっていたものを配下の者にそっと運ばせました」

「警護の者は？」

「この茶室を囲むようにして、要所要所に手練が十名。心配ございませぬ」

「うむ。それでよい。じゃが、深夜の内に誰にも気付かれぬよう祖母《ばば》の居間の奥の間（次の間の意）へ移しなされ。よいな」

「承知いたしました。私もその方が宜しいのではと考えておりました」

「それにしても般若共は何故に影武者御当主殿を手放したのかのう」

「己《おの》れたちの目的にとって、不必要つまり最早《もはや》必要なくなったと判断したからではございませぬか」

「その理由《わけ》は？」

「判りませぬ。しかしながら般若共が必要なくなったと判断したことは恐らく間違いありませぬでしょう」

「もしや……夫殿《おっとどの》（影武者御当主）は、自分は影武者に過ぎないことを白状でもしたのかのう。般若共の蛮行《ばんこう》に対し、高らかに笑いながら……」

「あるいは般若共が、影武者御当主殿を必要なくなったと判断する何か重要なことを、この御屋敷内《やしきうち》から嗅《か》ぎ取ったか、手に入れたのやも知れませぬな」

「なんと……この屋敷内からのう」

声小さく呟き返した多鶴の両の目が、老いに不似合な鋭さを見せた。

そして、何か――思い当たることが無いか――を考えているのか、暫く口元を引き締めて無言が続く。

その無言を、宗春が怪訝《けげん》な顔つきでやわらかな囁きで断ち切った。

「お祖母様《ばばさま》、どうかなされましたか」

「あ、いやなに、少しあれこれと考えておったのじゃ」

「少しずつ一つ一つを焦らず確実に片付けて参りましょう」

「ふむふむ、そうじゃな。それがよい。それしかない」

「先ず今宵《こよい》、影武者御当主殿を誰の目にも止まらぬようお祖母様《ばばさま》の御居間の、次の間（奥の間の意）に移しまする」

「うん、そうしておくれ。此処ではこれ以上はいかぬ。外で話そうぞ」

頷きつつ言う多鶴も、眠り続ける影武者和右衛門を見つめながら小声であった。

「左様でございますね」

と、宗春が暗い目で囁いて応じた。

二人は貴人口から足音を忍ばせるようにして出て向き合った。

「申し訳ありませぬが、もう一度言わせて下され、お祖母様《ばばさま》。私に何ぞ隠してはいらっしゃいませぬか。何ぞ大きな衝撃でも受けられたのではありますまいか。影武者御当主様が拉致されても殆ど狼狽《うろたえ》を見せることのなかったお祖母様《ばばさま》と、いま目の前にいらっしゃるお祖母様《ばばさま》とではどうも……」

「もうよい宗春。心配してくれてありがとうよ。思い返せば其方《そなた》は、延宝《えんぽう》三年(一六七五)二月四日をもって江戸虎《とら》の門《もん》の柳生屋敷(宗春の屋敷)より忽然《こつぜん》と姿を消して以来、飛鳥忍びの頭領としてこの祖母《ばば》の身そばで陰日向《かげひなた》なく一生懸命に励んでくれているのであったのう。本当に愛《う》い奴《やつ》(感心な奴の意)じゃ」

「延宝二年十二月、大和柳生家では尋常ならざる大凶作に対処するため、藩内全ての蔵(庫)を開放して膨大な量の刀槍、古美術、伝統芸術品、書物などを大坂の豪商に高値で引き受けて貰いましたが、その際、家老屋敷の庫から見つかった古文書、お祖母様《ばばさま》も拝見なされたというこの古文書の内容に、大騒ぎとなったものでございました」

「そうじゃったのう。延宝二年と申せば大和、摂津《せっつ》、河内界隈《かいわい》は確かに大変な凶作じゃった（歴史的事実）。曽雅の田畑《でんぱた》は幸いなことに、働き者の小作たちが灌漑《がい》のための池をあちらこちらに造ることに熱心で、沢水や川水を引いて池が枯れることは余りなかったのでのう。深刻な凶作被害からは辛うじて免《まぬが》れたが……その凶作不況の中での柳生家古文書による大騒ぎではあったなあ」

「ですがお祖母様《ばばさま》。大騒ぎとは申せ古文書の内容は凡下《ぼんげ》（大衆）の者たちに知られるべき内容ではありませなんだゆえ、藩上層部に止《とど》め置くなど、てんやわんやの対策でありました」

「ふむふむ……あの古文書が見つかってから、早《はや》いもので間もなく六年じゃなあ」

「はい。古代大和朝廷の君主親衛隊として飛鳥氏を長官とする『臣姓近衛』なる大権力を有する組織が古代蘇我本宗家の指揮下に存在し、その組織の最右翼の戦闘集団として大和柳生家が古文書の中ではっきりと位置付けられている、と知ったときは、言語に絶する驚きでございました」

「思えば柳生家も古代に名を成していた堂堂たる家格であったのじゃよ宗春や。しかも柳生家に対しては『長官飛鳥氏（曽雅家）に永世にわたり忠誠を誓うべし』との勅命《ちょくめい》（大王つまり天皇から下される命令）が申し渡されていた、と古文書に明確に記されておった……これも実に大きな驚きじゃった」

「真《まこと》に……古代より数えて千数百年の間に、どこでどう進むべき道を誤ったのか、柳生家はいつの間にか『臣姓近衛』の外側に出て一豪族として歩み続け、気が付けば今日《こんにち》ありますように徳川将軍家重臣の位置に辿《たど》り着いておりました」

「宗春は立派ぞ。柳生藩家老屋敷の庫より驚くべき古文書が見つかったと知った其方《そなた》は、歴史の道をまるで正直一心に遡《さかのぼ》るような丁寧さで迷うことなく江戸屋敷から大和国《やまとのくに》へと戻り、そしてこの祖母《ばば》の前に現われてくれた。六年前の其方《そなた》のあの時の目の輝き、祖母《ばば》は今でも忘れてはおらぬ。『今日只今《こんにちただいま》よりお仕え致しまする』という力強い言葉も忘れてはおらぬ。嬉しかったのう、あの時は」

「あの、お祖母様《ばばさま》……」

「ん？　なんじゃ」

「お祖母様《ばばさま》はこの柳生宗春を、かわゆい奴と思うて下されていましょうか」

「おお、思うていますとも。この曽雅家にとって、なくてはならぬ息子のような存在じゃと眺めておる」

「真《まこと》でございましょうか、お祖母様《ばばさま》」

「真じゃ。このようなこと、偽りを言うて何とする」

「ならば……ならばお祖母様《ばばさま》」

「どうした。何とのう狼狽《うろたえ》ておる心の内が丸見えぞ。一体どうしたのじゃ」

「は、はあ……」

剣の天才と言われてきた柳生宗春が、ここでゴクリと喉《のど》を鳴らし生唾を呑み込んだ。

そうと判って、多鶴の老いの目が光った。

「言えぬなら無理に申さずともよい。日なり刻《とき》なりを改めなされ」

「……」

「不満か?」

「いえ。仰せの通り、日なり刻なりを改めまする。見苦しゅうござりました」

「なんの、なんの……さ、秋緑が綺麗な木立の中を少し歩こうかの。余りゆっくりは出来んが」

二人は、どちらからともなく木立の中の細道を庭の奥へと向かって歩き出した。明るい常緑の木立の中ではあったが一本一本の樹齢が百年に迫るものが多く、木立の外側から屋敷の誰彼に見つかり易いというものではなかった。

「それに致しましてもお祖母様《ばばさま》、此度のような異様な騒動は、これ迄にもござりましたのでしょうか」

「これ迄にも、とは何時《いつ》頃を指しているのじゃ」

「御先代様から、亡くなられた和右衛門様の時代を指してのことでございます」

「うむ……色色とのう、凄まじいかたちの暗闘があった筈なのじゃ。あった筈だとは思うが、この祖母《ばば》には何も見えなんだわ。何一つ判らぬ。御先代様も夫殿（和右衛門）もそういう事に関しては、小指ほど小さな事さえこの祖母《ばば》には言うて下さらなんだ」

「全て御自分の裁量で対処なされていたという事なのでしょうか」

「恐らくのう。他力本願のお嫌いな御先代様であり、夫殿でありましたからのう。それにこの祖母《ばば》と違うて大きな大きな力、多様な人脈を持っておられたからなあ」

「此度の般若の一党については何としても正体素姓を把握《はあく》致さねばなりませぬ」

「影武者御当主殿が見つかったのじゃ。こちらから動く必要はなかろう。般若共も組織的には大きく傷ついた筈じゃから暫くは大人しくしていよう。悪辣《あくらつ》行為を致さねば、これで放置しておいてもよい」

「なれど、お祖母様《ばばさま》……」

「宗春や。この曽雅家は幕府の大目付でも奉行でも代官でもないのじゃ。神君家康公のお情《なさ》けによって、近隣の天領（幕府地）に匹敵するほどの広大な田畑山《でんぱたさん》林《りん》の所有を許された、一豪家《いちごうか》に過ぎぬ。探索し捕縛《ほばく》し処断するなど、ゆめゆめ思い上がってはならぬ。静かに、地味に、謙虚でなくてはならぬのじゃ」

「ですが……」

「但し、向かってくる悪辣者《あくらつしゃ》に対しては容赦は要《い》らぬ。其方《そなた》の腕力で徹底的に処してよい。この祖母《ばば》が一切《いっさい》の責《せ》め（責任）を負う」

「……はい……よく判りました」

「そうか。判ってくれたか。よい子じゃ」

「あ、木立が直ぐ先で切れまする。私は寂心亭へもう一度戻ります」

「待ちや、宗春」

「は……」

「影武者御当主殿が放置されていた不自然さが、矢張りどうしても気になるのう。其方《そなた》が言うたように般若共はこの屋敷内《やしきうち》から、何かを嗅ぎ取ったか手に入れたのやも知れぬなあ。影武者にしろ本物であるにしろ、もう必要ない、という証のようなものをのう」

「つまり、本物であろうと影武者であろうと、御当主を拉致したところで最早《もはや》六千万両は手に入りそうにない……というような？」

「そこじゃ宗春。配下の小頭《こがしら》にでも命じて直ぐに、『南の間』の天井裏を調べさせておくれ」

「なんと申されます」

「五井持軒先生が訪れなされた時にお使い戴いておる『南の間』の天井裏じゃ」

「あ、はい」

「そして小頭に伝えるのじゃ。もし『南の間』の天井裏に何者かの潜伏していた痕跡があったなら、この祖母《ばば》の居間の文机の上に小石を一つ置いておくように、とな」

「畏《かしこ》まりましてございます」

「ご苦労じゃった……」

多鶴は柳生宗春から離れると、常緑の木立が切れて花壇に陽《ひ》が明るく降り注いでいる方へと少し足を急がせた。負傷した宗次と美雪のことが気になっていた。

その多鶴の後ろ姿を見送っていた宗春が、ぐっと表情を改めて「お祖母様《ばばさま》」

と小声で追い迫った。

「なんじゃ」

と、多鶴は振り向いて、宗春の紅潮《こうちょう》した顔に気付き頷いてみせた。

「話す気になったのか。言うてみなされ。声を抑え気味にな」

「はい。是非《ぜひ》にも聞いて戴きたく……」

「じゃから、言うてみなされ」

「あの……」

「うん……剣客であり『飛鳥忍び』頭領であろう。しっかり喋りなされ」

「はっ……あの……お孫様を私に下され、お祖母様《ばばさま》」

多鶴は思わず息を止めてしまった。柳生宗春の言っている意味が理解できなかったのだ。いや、聞き取り難《にく》かった、と言い改めるべきかも知れない。宗春が顔を強張らせて再び言った。語尾に僅かな震えがあった。

「いけませぬか。柳生家嫡男の私ではいけませぬか。どうか……どうかお孫様を、西条美雪《さいじょうみゆき》様を私に下され。この通りでございまする……」

宗春が細道の上にがばっと音立てるようにして平伏した。

多鶴は愕然《がくぜん》として平伏する宗春を見つめた。それは全く予想だにしていなかった新たな難題の出現であった。

即座に我れを取り戻して多鶴は言った。

「それはならぬ。ならぬぞ」

あ、声が黄色く高ぶっている、と多鶴には判った。少し狼狽《うろたえ》てもいる、とも判った。

「何故でござりまするか。理由《わけ》をお聞かせ下さりませ」

「ええい、声をもう少し抑えるのじゃ。冷静になりなされ」

「理由《わけ》を……理由《わけ》をお聞かせ下され」

「美雪はこの祖母《ばば》の大切な孫ではあっても、娘ではない。幕府の重臣七千石、西条山城守貞頼《さだより》の娘じゃぞ」

「柳生家は万石（一万石の意）なれども同じく幕府の重臣であり大名家でもございまする」

「そのような家柄比較を申しておるのではないのじゃ。この祖母《ばば》が言いたいのは……」

「お祖母《ばば》様、もう少し声を低くして下され。もう少し……」

「其方《そなた》が苛立《いらだ》たせるからじゃ。それに、この屋敷に難儀《なんぎ》が覆いかぶさっておる今、何故にそのような男女の問題をこの祖母《ばば》に突きつけるのじゃ。無礼だとは思わんのか宗春」

「堪《こら》え切れないのでございまする。美雪様の名状し難い美しさが、近付き難い程の美しさが、私の理性も正気も奪っておりまする」

「それでも修練を積み上げてきた当代随一の剣客柳生宗春か。しっかりしなされ」

「お祖母様《ばばさま》のお許しが戴けますならば、私は江戸へ参り西条山城守貞頼様に、美雪様を頂戴したい、と正式に申し入れまする。きちんと礼法を守り誠意を尽くし、心を込めて……」

「愚《おろ》か者がっ」

「は?……愚か者と申されまするか、お祖母様《ばばさま》」

「判らぬのか。其方《そなた》については延宝三年（一六七五）二月四日、父君柳生宗冬殿より幕府に対して正式に病死届が出され、認められておるではないか。その病死届によって其方《そなた》は江戸を離れることが出来、古代大和朝廷の勅命《ちょくめい》に従うべく大和国《やまとのくに》へ入れたのじゃろうが」

「……………」

「江戸の柳生宗春は既に死んで存在しないのじゃ。いいか、存在しないのじゃぞ。その宗春が美しい娘が欲しいばかりに、のこのこと江戸へ戻れると思うてか。古代大和朝廷の勅命に殉《じゅん》ずるべく日夜励んでおる現在《いま》の其方《そなた》は、江戸虎の門に屋敷を構えていた柳生宗春とは全くの別人なのじゃ」

「……………」

「はじめてこの祖母《ばば》の前に立ったとき其方《そなた》は言うたではないか。いま此処にある柳生宗春は最早《もはや》江戸の柳生宗春ではありませぬ、と凜《りん》とした調子でのう……それを忘れたか」

「忘れてはおりませぬ。この大和国《やまとのくに》に骨を埋《うず》める積もりでおりまする。この御屋敷のため勅命に従って一命を賭《と》する覚悟に偽《いつわ》りはありませぬ」

「ならば……」

「でしたらお祖母様《ばばさま》。古代大和朝廷の勅命に終生を捧《ささ》げる者としてお願い致しまする。どうか美雪様を……」

「くどい。くどいぞ宗春」

「諦められませぬ。あとへは退《さ》がれませせぬ」

「愚《おろ》か者が、飛鳥忍びの長《おさ》(頭領)や幹部は、『個《こ》』を優先させてはならぬ。『己《おの》れ』を優先させてはならぬ。それを忘れたなら、組織は力を失うぞ。敵に付け入る隙《すき》を与えてしまうぞ。判らぬのか」

「なれど……なれどお祖母様《ばばさま》……最早《もはや》この気持……」

「駄目じゃ。美雪にはもう意中《いちゅう》の御人がおるのじゃ」

はったと宗春を睨みつけて言い放ってから、しまった、と多鶴は思った。言うべきではないことを言ってしまった、と大きな後悔がたちまち押し寄せてきた。

「意……意中の人……」

呟いた宗春の顔の色が、すうっと青ざめていく。

お祖母様《ばばさま》多鶴は踵を返すと、足早に宗春から離れた。まずいことを言ってしまった、今の言葉は絶対にまずい、と自分を叱りながら、多鶴は舌を小さく打ち鳴らした。執拗《しつよう》であった宗春の態度にも腹が立っていた。いや、はじめて覗かせた宗春のその執拗な気質に、多鶴は肌寒いものすら感じていた。

宗春の視線が、離れていく多鶴の背中に微動だにせず突き刺さっている。そして青ざめた顔の中で、二つの目が異様な光を放ち出していた。

「あ奴《やつ》か……」

呟いた宗春の歯が、カリッと嚙み鳴った。両手は拳をつくり少し震えている。

宗春の「あ奴か……」とは一体誰を指しているのか？

澄み渡った秋の青空が宗春の頭上に広がっているというのに、どろどろどろと遠くから秋雷の音が伝わってきた。地鳴りのように不気味に……。

二十三

負傷した宗次を見舞うため多鶴は母屋《おもや》御殿《ごてん》の北側を回《まわ》り込むかたちで——大きく遠回りをして——南側に位置する玄関へと足を運んだ。わざわざの遠回りであった。考えるための刻《とき》が欲しかったのだ。直ぐには宗次先生や美雪の前に出る勇気がなかった。柳生宗春から突然に打ち明けられた美雪への激しい想い。多鶴はかなりの精神的打撃を受けていた。

常緑の木立の中から明るい花壇の庭へと出た多鶴は、色あざやかな錦鯉《にしきごい》が遊泳する古い池の畔《ほとり》を通って、母屋御殿の北側の角まで来たところで立ち止まり振り向いた。太い幹の木立の間から、柳生宗春がじっとこちらを見ている。

木洩れ日で宗春の顔に光の斑点《はんてん》が出来ており、険しい表情と判った。

だが、江戸で当代随一の剣客との評価があった宗春は、多鶴に向かって丁重に一礼することを忘れなかった。古代大和朝廷から発せられた勅命に対し、千数百年後の現在《いま》、頑《かたく》なに忠誠を誓う一徹な剣客の姿がそこにあった。

それは曽雅家に忠誠を誓う姿でもある。

多鶴は宗春に背を向けて歩き出した。

(困った……)

と、多鶴は胸の内で呟いた。柳生宗春の美雪に対する熱い想いが、曽雅家と宗春との間に亀裂を生じさせる恐れは充分にある、と思った。それも修復の極めて難《むつか》しい。

男と女の問題が、泡立《あわだ》って炎《ひ》を噴《ふ》き上げ渦巻くようなことになれば、周囲《まわり》の色色な事へ深刻な悪影響があることを、人生を長く歩いてきた多鶴は学んできている。

立ち止まって空を仰ぎ、ふうっと溜息を吐く多鶴であった。

「よからぬ事が起こらねばよいが……」

呟いて「困った……」と漏らし、多鶴はまた歩き出した。秋の曽雅家の広広とした庭は一段と美しい。自然のまま、のびのびと育った紅葉樹が古い母屋御殿までをもあざやかに染めてしまう。

その極彩色満ちた中を、多鶴は沈んだ暗い表情で歩いた。

（どうぞして、大切な美雪の身の上に面倒な変事などが生じませぬように……）

多鶴は大和国《やまとのくに》の神神に祈りながら、ようやく玄関口に立った。

息を止め、そろりと草履を脱いで、式台に上がる。

そして、宗次先生と美雪がいる玄関奥すぐ右手の座敷「一の間《いちのま》」へと、足音を殺すようにして近付いていった。

(只事ではなかったわえ、あの目つき……)

多鶴の眉間に刻まれていた皺が深くなった。が、想い直して表情を穏やかに繕《つくろ》った多鶴は襖障子の向こうへ静かに声を掛けた。

「祖母《ばば》じゃが入ってよろしいかえ……」

襖障子の向こうで人の動く気配があって、多鶴はこちらへとやってくる微かな足音を捉えた。

襖障子が内側から開けられて、美雪が控えめな笑みを浮かべた美しい顔を覗かせた。

「どうぞ、お祖母様《ばばさま》」

「宗次先生はどうじゃな」

「関庵先生のお薬のせいでございましょう、いま静かに眠りに入られましてございます」

「左様か……」

座敷に入った多鶴は、日当たりよい中庭に面した奥の間（次の間）へと足を運んだ。多鶴のその背中を見守りながら、美雪がゆるやかに襖障子を閉じた。

宗次は顔の二か所に黒い油紙のようなものを貼られ、桜模様《さくらもよう》の薄い掛け布団の下で眠っていた。枕元には古代鬼束神刀流剣舞を討ち倒した古千手院行信の大小刀が横たえられている。

「ふむう……男前じゃのう」

多鶴は小声を漏らしつつ、寝床の向こう側へ正座をして宗次の寝顔を眺めた。

「ふふっ……先生のお耳に入りましてよ、お祖母様《ばばさま》」

微笑みながら、美雪が多鶴と向かい合った位置に座った。

「なあに、聞こえやせん。御覧のように、よく眠ってごじゃる」

「でも宗次先生は、『少しばかり睡眠覚心《すいがんかくしん》に入らせて貰うのでな……』と仰られたのでございます」

「すいがんかくしん？……なるほどのう、睡眠覚心とは」

「はい。眠《ねむ》ってはいても心は目覚《めざ》めているから安心しなさい、と美雪は勝手に解釈いたしましたのですけれど……」

「うんうん、それじゃ。それでよいのであろう。それにしても、凄い御人《おひと》じゃのう美雪や」

「はい」

美雪はにっこりとして相槌《あいづち》を打った。

「ところで宗次先生の男前な顔に貼り付けられている黒い油紙のようなものは何じゃな」

「関庵先生が貼って下さったそうです。縫い合わせた部分の炎症を鎮めるのに役立つ西洋の新薬と鎮痛薬が塗布されたよく効く貼り薬だとか……三日ばかりこのままだそうですよ」

「なるほど……」

そこで二人の会話は途切れた。

多鶴の気分は重かった。まるで獅子のように目を光らせて「美雪様がほしい」と言った柳生宗春の顔が、脳裏に現われたり消えたりを繰り返していた。

「お祖母様《ばばさま》……お祖母様《ばばさま》……」

「ん？……お、どうしたかな」

「どうなされたのです、とお訊《たず》ねしたいのは私《わたくし》の方でございます。ここへお見えになってからのお祖母様《ばばさま》の表情、何だか放心状態のような印象を受けておりますけれど……まるでお心、ここにないような」

「美雪や。突然に妙なことを言うようじゃが、走っても馬に乗っても宗次先生の傷口が開く心配が無《の》うなったら、宗次先生と二人してなるべく早《はよ》うこの大和《やまとの》国《くに》から離れることじゃ」

「まあ……私《わたくし》は暫くお祖母様《ばばさま》のそばに置いて戴きたく思うておりまするのに、急に宗次先生と二人してなど、一体どうなされたのでございましょう」

「遠い江戸より大事な御役目を背負うてこの大和国《やまとのくに》へ訪れた可愛い其方《そなた》と西条家家臣の方方《かたがた》に、予想だにしておらなんだ騒乱が襲い掛かってしもうた。怪我《けが》人《にん》も出てしもうたし、宗次先生にまで大きな御負担をお掛けしてしもうた。この祖母《ばば》は申し訳ない気持で一杯なのじゃ」

「それは何もお祖母様《ばばさま》のせいではございませぬ。此度《こたび》の騒乱のかたちは明らかにこの曽雅家の、いえ、この大和国《やまとのくに》の歴史が如何に長く深く重いかを物語っているものであると私《わたくし》は見ておりまする。江戸『史学館』の先生方も申されておりました。歴史は生きている、歴史は繰り返す、歴史は騒ぎと輝きを生《う》む、歴史は新しい時代と人人を拵《こしら》える糧《かて》となる……と」

「うむ……その通りじゃのう、真《まこと》にその通りじゃ」

「そして『史学館』の先生方は、更にこうも申されておりました。大事なことは歴史を決して病的なほど精神錯乱（ヒステリック）に陥った目で眺めてはならぬこと、国家と人人を貶《おとし》める邪《よこしま》と偽《いつわ》りの心で歴史を検《よ》んではならぬこと、と……」

「ふむう、それこそこの祖母《ばば》の考えと一緒じゃのう。邪《よこしま》と偽《いつわ》りの気持を排し、常に心を鎮めて正しく歴史を検《よ》む。心静かに正しくじゃ。美雪や、だからのう、この祖母《ばば》は此度《こたび》の騒乱の幕《まく》をそろそろ下ろしてもよいかと考えておる。奈良奉行の溝口豊前守《みぞぐちぶぜんのかみ》にも奈良代官の鈴木三郎九郎《さぶろうくろう》にもよく言うて聞かせてのう」

「幕を下ろしてもよい……とはまた、如何なる御心境でいらっしゃいますのお祖母様《ばばさま》」

「この祖母《ばば》と二人切りで夕餉《ゆうげ》を戴く時にでも順を追って、此度の騒乱の色色について其方《そなた》には話す積もりじゃが、実はのう般若共に拉致されたお祖父《じい》（影武者和右衛門）がほんの少し前に救われたのじゃ」

「ええっ……」

と、さすがに美雪は背すじを少し反《そ》らせた。

「ま、ま、そう驚かんでええ。詳しくは夕餉の時にでもな……」

多鶴はそこで言葉を切ると、やや身を乗り出すようにして宗次の寝顔をじっと見つめた。

「のう美雪や……」

「はい」

「宗次先生と二人して石州流茶道の慈光院《じこういん》（臨済宗大徳寺派）を是非にも訪ねなされ。その清楚《せいそ》にして徳高いたたずまいに心の内が洗われよう。気高く美しい庭を観《み》て万物に対する想いが改まろう。先生と二人して、行ってきなされ」

「はい。お祖母様《ばばさま》のお勧《すす》めのように致しまする」

「うん、素直じゃ素直じゃ。そしてな、その足で江戸へ戻るのじゃ。もうこの曽雅の屋敷へは戻ってこずともよい」

「けれどもお祖母様《ばばさま》。慈光院へお訪ねさせて戴いた足で江戸へ戻るとなりますると、家臣をこの御屋敷へ残したままには出来ませぬ。大事な西条家の家臣でございますれば……」

「これこれ、宗次先生と二人して慈光院を訪ねなされ、と勧《すす》めておるのに余り現実へ話を引き戻すでない。家臣の方方《かたがた》についてはこの祖母《ばば》が決して疎《おろそ》かには扱わぬ。手傷を負《お》うていなさる家臣もいるのじゃ。きっちりと治って揃うて江戸へ戻って戴けるようにする。この祖母《ばば》を信じて任せなされ」

「けれどもそれでは余りに……」

「美雪や。其方《そなた》は四代様（徳川家綱）の御名代を無事に終えたのじゃ。しかして、なるべく早くに江戸へ戻って四代様はもとより父君の貞頼殿へも報告をしなければならぬ。そうであろう」

「ええ、それは確かにその通りでございますけれど……」

「じゃから慈光院を訪ねた足で江戸へ向かいなされ。まあ、途中で京《みやこ》に立ち寄って三、四日の見物くらいは許されてもよいとは思うがのう」

「京《みやこ》で三、四日の見物を……でございますか」

「そうじゃ。それくらいは四代様も許して下されよう。それにこの屋敷を離れてからの其方《そなた》に対して若《も》しも江戸などから何ぞ指示や知らせが届けば、祖母《ばば》がこの屋敷の誰かに馬を走らせて連絡をさせるから、心配せんでええ。何の心配も不安も無用じゃ」

多鶴はそう言い終えるや否《いな》や、「よっこらしょ」と腰を上げた。美雪に話の続きをさせない、やさしい頑《かたく》なさなのであろうか。「話はここまで……」の表情だ。

「夕餉のときは声を掛けるでの」

多鶴は言い残して「一《いち》の間《ま》」を出た。

それまでの穏やかで優し気であった皺深い表情が、大舞台に立った大御所役者の面変《おもてが》えのように見事にすうっと険《けわ》しく変わってゆく。

多鶴は長い廊下を、五井持軒先生が訪れたときに使って戴いている「南の間」へと足を急がせた。

途中で出会った女中に「美雪の夕餉の膳は、この祖母《ばば》の居間へ運んで下され」と命じる時も、その視線は急ぐかのように廊下の向こうへと注がれていた。

「南の間」の前まで来た多鶴は、先ず廊下の天井をじっと眺め耳を澄《す》ませた。べつだん人の気配は感じられない。

が、多鶴はふっと苦笑をこぼした。かなり高い「廊下天井」の向こうに人が潜んでいないかどうか、自分に判ろう筈がないと気付いたからだ。

「この祖母《ばば》は忍びじゃないからのう」

呟いて多鶴は「南の間」の障子を音立てぬよう、そっと開けた。

そして、爪先《つまさき》立つようにして座敷へ忍び入った多鶴は、判ろう筈がないと判っていながら尚、天井をじっと見上げ耳を澄ませた。

すると天井板が微かに、それこそ微かにミシリと鳴ったではないか。間違いでも錯覚でもなかった。確かに鳴った。

多鶴は天井に向かって囁くように放った。

「祖母《ばば》じゃ。小頭《こがしら》かえ」

「申し訳ありませぬ。天井板を鳴らせてしまいました」

低い淀み声が上から降ってきた。

「気配りも修行も足りぬ。未熟じゃ」

「仰せの通りかと……己《おの》れを鍛え直しまする」

「潜伏した者の痕跡は？」

「ござりました」

「矢張りのう」

「天井板は古くて傷み著しいため足跡などは全く見当たりませぬが、柱には手跡、梁《はり》には足跡が点点とございます」

「潜伏者は一人と思われるか」

「痕跡の大きさから見て、おそらく……」

「ご苦労じゃったな。もうよい。龕灯《がんどう》を手にしているのじゃろうが、火に気を付けなされや」

「心得ておりまする。それから御居間の文机の上への小石は、省《はぶ》かせて戴きまする」

「それで結構じゃ」

持軒先生との会話は何もかも天井裏で盗聴されていた、と判って多鶴は暗然となった。

天井板が再び微かに鳴ったあと静かになって、多鶴は難しい顔つきで「南の間」から出た。

此度の騒動はもうこれで鎮まるだろう、と多鶴は老いの頭で確信した。六千万両の実体が、木彫りの六千《むち》万両《よろずりよう》面《めん》観世音《かんぜおん》菩薩像《ぼさつぞう》であることは、確実に般若共に伝わっていると考えられる。高さ僅かに一尺程度のその尊き立像にたとえ金箔が張ってあったところで、歴史的文化的価値は夢の如しではあっても、実用的な金銭的意味での価値は高《たか》が知れている。

(そうと判って般若共は、影武者御当主殿の身柄を最早価値なしと読んで山道へ放り出したのであろう)

多鶴はそうに違いない、と思った。案外、般若共の手元にも、そうと解き明かしてくれた難解極まる古文書の副本だか原本だかが存在するのかも、と多鶴は想像した。が、そのこと自体については余り関心はない。

「じゃが、六千万両は消えたのじゃ。本当にびっくりさせよったのう六千万両殿」

呟いた多鶴は、フンと小さく鼻を鳴らすと、自分の居間へと足を向けた。

その後ろ姿から力みが覗いている。長い年月必死で演じてきた力みがいま老いを深めて……。

二十四

十日後の朝五ツ頃（午前八時頃）――。

顔の傷がほとんど癒《い》えた浮世絵師宗次は誰に見送られることもなく独《ひと》り曽雅家の古い楼門を後《あと》にした。

浮世絵師には程遠い身形《みなり》であった。地味な真新しい灰茶色の白衣《びゃくえ》（着流しの意）に、古来より福《ふく》が繋がる吉祥文様《きっしょうもんよう》とされてきた、菱繋《ひしつな》ぎ文様のこれも真新しい角帯を締めている。その帯に差し通しているのは、名刀古千手院行信の大小刀であった。

何もかもお祖母様《ばばさま》多鶴《たづる》の手配りであり、考えによるものだった。

宗次はお祖母様《ばばさま》の真剣で一生懸命な手配りを、それこそ孫息子のように有り難く素直に頂戴した。自分に母や祖母《そぼ》がいたならば、おそらくこのように一生懸命になってくれたであろう、と想像しつつ……。

「曽雅の道」が左へ折れる所まで来て、宗次はゆっくりと振り向いた。

矢張り、おられた。その予感はあった。

お祖母様《ばばさま》だけが、楼門の外に出て見送ってくれていた。宗次は胸が熱くなって、丁重に頭を下げた。

ふた呼吸ばかりして姿勢を戻すと、小さなお祖母様《ばばさま》の後ろ姿が楼門を屋敷内へと潜るところであった。その後ろ姿に漂う何とのう淋し気な様子を見逃さなかった宗次は、もう一度頭を下げ「いつの日かまた参ります。必ず……」と呟いた。

宗次は青青と晴れ渡った朝の秋空の下をゆっくりと歩き出した。胸の内にはまだお祖母様《ばばさま》の小さく淋し気な後ろ姿の漂いがあった。

宗次が慈光院へ向けて一足先に独り発《た》ったのも、お祖母様《ばばさま》の考えだった。後発《あとだ》ちの美雪は、念流皆伝の腕前である戸端忠寛《とばたただひろ》（西条家家老戸端元子郎《げんしろう》の嫡男）ほか四名の家臣に護られて、途中の「祭念寺《さいねんじ》」という飛鳥時代の古刹まで行き、そこで宗次に迎えられる打ち合わせになっている。家臣たちはそこから曽雅邸へ引き返すが、これらも多鶴の考えによるものだ。

多鶴は心配したのだった。美雪と宗次が二人揃って曽雅家を発つところを、柳生宗春に見られてはならぬ、いや、見せてはならぬ、と。

宗春に無用の刺激を与えるべきではない、そう思ったのだ。なにしろ飛鳥忍びを統率する宗春である。何処から曽雅家の様子を検《み》ているか知れない。いや、曽雅家を護るために、様子を検《み》る忠誠なる義務と重い責任が、宗春にはあると言えばある。

宗次は実り豊かな朝の田畑《たはた》で働く早起きな百姓たちの元気な姿を眺め眺め、ゆったりとした気分で足を運んだ。百姓たちと目が合うと、我から笑みを見せて頷いてやることを忘れない。すると相手からも「今朝もいい天気でございます」と、白い歯を覗かせた笑顔が返ってくる。畦《あぜ》にしゃがみ込んでいる、幼児の方から手を振ってくれたりもする。

関庵先生の手で縫い合わされた宗次の顔の傷は、薄赤い細い線でまだうっすらと残っていた。一か月程度で元の皮膚の色に完全に戻るだろう、ということだ。

佐紀路の菊寺として名高い海竜善寺の高僧百了禅師《びゃくりょうぜんじ》（法印大和尚）に対しては、お祖母様《ばばさま》の達筆な手紙を持つ騎乗の使いの者が遣わされた。八日前の朝のことだ。

手紙の内容は、海竜善寺の白襖に描くことが予定されていた宗次の絵仕事について一旦《いったん》凍結をお願いしたい、というものであった。ただ、その理由については記されていない。まげて凍結をお願いしたい、という結論が丁寧な上にも丁寧に記されているだけだった。

にもかかわらず、百了禅師《びゃくりょうぜんじ》から多鶴へは、快諾の返書が届けられた。お互い信頼し合う者同士、阿吽《あうん》の呼吸のやりとりだった。

また百了禅師《びゃくりょうぜんじ》から宗次へは五日前、明春に海竜善寺を訪れることになっていた尾張藩公の予定が未定となったことで絵仕事は見合わせる、との簡略な手紙が届き、宗次をむしろホッとさせた。出来れば自分と濃いかかわりのある尾張藩公が絡む絵仕事からは遠ざかっていたい、と内心思っていた宗次であったから……。

こうして、今朝の宗次の気分は〝身軽〟であった。

その裏でお祖母様《ばばさま》のてきぱきとした、且《か》つ熟慮した精緻な動きがあったと宗次が知ったなら、大きな驚きを味わったことだろう。自分が確信する目的目標に向かっては断固たる行動を起こす女傑である、と改めて捉え直したに違いない。

曽雅邸を後にした宗次の足は田畑の中を、先ず西へと幾らも行かぬところにある忌部山《いんべやま》（標高一〇八・五メートル）へと向かい、その南側を回るかたちで曽我川《そがかわ》に沿った薄《すすき》の道へと出た。

「……あとは情趣満ちたる曽我川に沿ってひたすら北へ向かいなされ。すると否《いや》でも応でも広瀬神社の直ぐ先の川合村《かわい》というところで、大和川《やまとがわ》と合流しましょうからの……その大和川を渡って直ぐの富雄川を溯《さかのぼ》れば間もなく慈光院じゃ」

それがお祖母様《ばばさま》の教え、というよりは指示であった。

曽我川は宗我川とも称して、奈良竜門《りゆうもん》山地西縁の御所《ごせ》重阪《へいさか》の山中に源《みなもと》を発する、全長凡そ九二四〇丈《じよう》（約二八キロメートル）の美しい川であった。奈良盆地の水田の中を北に向かって流れ、お祖母様《ばばさま》が言うように広瀬神社の直ぐ先、川合の里で大和川と合流している。

宗次は田畑の秋の実りの美しい色を楽しみながらゆったりと歩いた。ところどころに大小の池が点点と見られたが、自然の池というよりは明らかに人手により造られた灌漑用の池、と思われた。働き者の百姓たちの結晶なのであろうか。

どれほどか歩いたところで、老人や若い農婦たちの姿が目立つ場所へと出た。直ぐ先、畦道《あぜみち》脇の草《くさ》っ原《ぱら》に二、三枚の筵《むしろ》が敷かれた上で、温かそうなものにくるまれた赤子が四人、それぞれ形の違った編《あ》み籠《かご》の中ですやすやと眠っている。

そのまわりで数え切れないほどの赤蜻蛉《あかとんぼ》が舞っていた。まるで赤子たちを守ろうとでもするかのように。

宗次はそれらの光景を目を細めて、しばらく眺めていた。

若い農婦のひとりが腰に両刀を帯びた宗次の立ち姿に気付いて、手作業を休めて曲げていた腰を伸ばし、深深と頭を下げた。

宗次はやさしい笑顔と頷きを返し、百姓仕事の邪魔になってはと、歩き出しかけた。

すると、「あの……」と遠慮がちな声が掛かった。

宗次が「ん?」と体の動きを止めて声のした方へ、少し視線を戻した。

宗次に頭を下げた若い農婦が手にしていた鍬を手放し、畝《うね》を身軽に跨《また》いで急ぎこちらへやって来るではないか。なんとなく恥ずかしそうな笑みを、日焼けした顔いっぱいに広げながら。

宗次はその農婦を受け入れる意思を見せるために、目を細めた穏やかな表情で姿勢をきちんと正対させた。

宗次が立っている薄《すすき》の道は、曽我川の堤の部分に当たるが、田畑よりもほんの一尺ちょっと高い程度に過ぎない。

「あの、お茶をお飲みになりませんか」

堤の下――ほんの一尺ちょっとだが――に立った若い農婦は微笑みながら、背丈に恵まれた宗次を見上げた。年齢《とし》は十七、八といったところであろうか。

「お茶とは？」

宗次は意外そうに訊き返した。

「はい。私《うち》の婆《ばあ》ちゃんが庭先でつくっている葉茶《はちゃ》は、とても甘くて香りがいいのです」

若い農婦はそう言うと田畑の方を振り返って、遥か遠くで作業している農婦を指差してみせた。私《うち》の婆《ばあ》ちゃん、なのだろう。

「では、頂戴しようかな」

そう言いつつ目の高さを低くするために宗次は腰をしゃがめた。

若い農婦が「はい」と姿勢を戻す。嬉しそうだった。

草っ原に敷かれている筵《むしろ》の方へ小駆けに行き、その上にのせてある五つ六つの手下げ籠の中から一つを選んで宗次の前に戻ってきた。

宗次は静かな感動を味わっていた。忙しい農作業の最中に、これほど親し気に若い農婦から声を掛けられたのは、はじめてだった。

しかも、私《うち》の婆《ばあ》ちゃんのつくった葉茶の茶を飲んでほしい、と言う。

なんとも心温まってくる宗次であった。

「はい、どうぞ」

太い竹筒の口から竹の椀へと、白い湯気を立てている茶を注いだ若い農婦は、それを笑顔で宗次に差し出した。輝いて見える笑顔だ、すばらしい、と宗次は思った。

「まだ熱いですから、お気を付け下さい」

「竹の筒に入れると、冷え難《にく》くなるのかのう」

「竹筒の中に、もう一本竹筒が入っています。二重になっているのです」

「ああ、それで……」

働き者の百姓の知恵だ、と宗次は感心した。

宗次は、そっと茶を啜《すす》った。音を立てずに。

とたん、宗次の表情が変わった。

「なんと……これは美味《おい》しい。いや、旨《うま》いという表現の方がいいかも知れぬ。それに何とも言えぬこの香り……」

「ふふっ」

若い農婦が首をすくめて含み笑いを漏らし、「……でしょう」というような上目遣いをチラリと見せた。

飲み終えた竹の椀を「ありがとう」と若い農婦の手に戻して、宗次は腰を上げた。

「其方《そなた》の名は？」

「農《のう》……農婦の農です」

「お農《のう》か。いい名だな。いい名だ」

「婆ちゃんが名付けてくれました」

「そうか。婆ちゃんを大事にしてあげなさい。ところで其方《そなた》、やわらかな優しそうな体つきに見えるが、もしや赤子の母親かな」

宗次の視線が、筵の上で編み籠に入っている赤子たちへと移った。

「はい。一番手前の赤子が私の……男の子です」

「では、大きくなったらお農を力強く支えてくれるだろう。楽しみだな」

「はい」

「子育てがどれ程に辛くとも、母親は子を手放すものではないぞ。絶対にのう。手放せば子の嘆《なげ》きは地獄となる」

「はい。手放しません。絶対に」

「それにしても、この辺りは豊作で田畑が特に美しいのう。里《さと》の名を教えてくれぬか」

「雲梯《うなて》の里です」

「うなて……おお、詩歌《しいか》によく詠まれている雲梯の里とは、此処であったのか。どうりで田畑の景色が美しい」

「真鳥《まとり》住む卯名手《うなて》の神社《もり》の菅《すが》の根を衣《きぬ》にかきつけ着せむ子もがも、と万葉集（巻七）で詠まれております」

「お農は詳しいのう。感心じゃ」

「曽雅のお祖母様《ばばさま》のところへ田畑で穫れたものを届けに行きましたとき、必ず半刻ばかり手習いとか作法とか色色な本の内容とかについて、教えて戴いております」

「お祖母様《ばばさま》のところでのう。そうであったか」

「御屋敷内で、お侍様を二度ほどお見かけしたこともあります」

「なるほど。それでお茶を誘うてくれた訳だな」

「ふふっ」

お農がまた首をすくめて、含み笑いを漏らした。

「もう一つ教えておくれ。祭念寺という寺まではまだ遠いのかのう」

「いいえ。間もなく右手にこんもりとした森が見えてきます。それが祭念寺境内の森です。でも今は無住寺ですよ、お侍様」

「無住寺？」

「一月《ひとつき》ほど前に急な病で御住職が亡くなられたのです。でも次の月半ばあたりには京《みやこ》から立派なお坊様が住職として来て下さると聞いております」

「それは何より。でないと、土地の者たちも何かと困ろうからの」

「境内も建物も寄り合いの手で、よく手入れされ維持できており、少しも荒《すさ》んでおりません。紅葉の美しい寺としても有名ですから是非、ご覧になってきて下さい」

「ありがとう。よいことを聞かせてくれた」

宗次は左手を袂《たもと》に引っ込めると、二朱金一枚を拳摑みで見えぬように取り出して堤から一歩下り、お農が着ている野良着の丸みを帯びた小さな袂へ、するりとそれを落としてやった。

お農は袂へ何が落とされたのか判らず、「え？」という目つきだ。

「婆ちゃんと赤子に、何かを買ってやりなさい。子供のためにも母親は体を大事にな」

宗次はお農の肩を軽く叩いて堤の上へと一歩を戻り、やや足を速めて歩き出した。

お農は袂へ手を入れてまさぐり、ようやく二朱金を抓《つま》み取って目を丸くした。

土にまみれて一生懸命に働き質素に生きている子持ちの若い農婦にとっては、確かに目を丸くして驚く額ではあった。だが、腰を抜かす、という程の大金でもない。

これが一朱金一枚となると、「婆ちゃんと赤子に何か買ってやりなさい。頑張るんだぞ」と励まし手渡す額としては、大いに喜んでは貰えるだろうが、いささか心許無《こころもとな》い部分がある。

華美《かび》にも貧相にも陥らぬようにと、その辺りの呼吸を実によく心得ている宗次だった。この辺りが、町人たちの中で生きている宗次の強みであった。配慮の塩梅《あんばい》の。

今世《いまよ》の通貨には、金、銀、銭の三貨がある。

幕府都市江戸を中心とした一円においては銭貨のほか、金貨が両《りよう》、分《ぶ》、朱《しゆ》の三貨に分けて使われており、一両小判は二分金だと二枚で、一分金だと四枚、その下の二朱金になると八枚、そして更に次の一朱金だと十六枚、という具合である。場末の居酒屋での独り酒で気前のいい渋い面構えの博徒が「旨《うま》かったぜ女将《おかみ》。釣《つり》(銭)はいらねえ」などと恰好よく場馴れた自然さで見得を切り、「まあ、こんなに……」と女将が目を細めて喜ぶのは、だいたい一朱金一枚というところだろう。二朱金は、先ず出さない。

江戸に対し大経済都市大坂を中心としては主として銀貨が、丁銀《ちようぎん》、豆板銀《まめいたぎん》として、民衆貨「銭」と共に用いられていたが、そもそも大坂の貨幣経済は江戸と違い「大商人型領主金融《りようしゆきんゆう》」という難解な特質を抱えていたこともあって、宗次の懐の備えは「江戸のまま」(金通貨)であった。この大経済都市大坂に小利便性のある一分銀とか一朱銀とかが登場するのは、ほんのもう少し時を待たねばならない。

ともかく大坂の大商人たちにとっては、貨幣は江戸のような「富《とみ》」の象徴などでは決してなく、ひとつの「商品」そのものに過ぎなかった。社会に投入・還元して大流通を喚起《かんき》させることにこそ、貨幣の目的があったのだ。こういった思想が天下一の大名貸しで知られた豪商鴻池屋《こうのいけや》、大両替商としての三井越《みついえち》後屋《ごや》や住友泉屋《すみともいずみや》、領主財政（藩財政）の改革に手腕を発揮しつつ大名貸しも行った豪商、大根屋小右衛門《だいこんやこえもん》（大坂天満）などを育んでいくのである。

宗次が暫く歩いたところで振り向いてみると、お農はまだ此方《こちら》を名残惜《なごりお》し気にじっと見つめていて、胸のあたりで小さく手を振ってみせた。なんとも明るく気質《きだて》のよい若い母親だった。

お農のためを思って、宗次も軽く手を上げて応えてやった。

見渡せば、右手の方角から忌部山、畝傍山《うねびやま》、天香久山《あまのかぐやま》、そして耳成山《みみなしやま》の大和四山の錦秋の色が美しい。

「たまらぬなあ、この美しさは……神神《こうごう》しい、という他ない」

呟き残して宗次は再び足を少し速めた。すがすがしい気分であった。

宗次はまだ気付いていない。曽我川の薄《すすき》の堤を行く歩みの一歩一歩が、やがて待ち構える凄まじい修羅《しゅら》の場へと近付きつつあることを……。

二十五

祭念寺の境内のこんもりとした森の西の端は、曽我川の薄《すすき》の堤と殆ど一体となっていると言ってよかった。堤からの、ほんの短い坂道を下ると白い玉砂利を敷き詰めた参道へと自然に導《みちび》かれる。

「これはまた……」

静まり返った参道に佇んだ宗次は、その荘厳さに思わず息を呑んだ。森の中に沈み込んだかのような参道は、その幅十間《けん》ほどであろうか、真っ白な帯となって彼方の山門まで真っ直ぐに延びている。それを挟む森には一本の紅葉樹も見当たらず、常緑の高木が天を突いていた。その木立の様子を見ただけでも、この森の大変な古さが想像される。空気は曽我川の薄《すすき》の堤と比べて、はるかにひんやりとした秋冷えであった。

なるほどよく手入れされて塵《ちり》ひとつ落ちていないかのような白い参道を、宗次はゆったりと山門に向けて歩いた。

雪駄の下で玉砂利が、しゃりしゃりと案外に小さな音を立てて鳴った。

参道の中ほど辺りまで来たとき、宗次が「はて?……」と漏らして立ち止まり、辺りを見回した。

見回すと言っても目に映るのは鬱蒼《うっそう》たる常緑の森と、真っ直ぐな白い参道、そして迫って来た重重しい楼門（山門）だけである。如何にも歴史を感じさせる巨《おお》きさだ。

その楼門の形式は曽雅家の表門に極めて酷似《こくじ》しており、それだけを見ても曽雅家の歴史の凄さが判ろうというものであった。

ただ建築史的に述べれば、楼門の多くは中世（概ね鎌倉室町期）以降になって、寺院に多く見られるようになったもので、なかでも古代朱鳥《しゅちょう》元年（六八六）に建立されたと伝えられる、滋賀大津《おおつ》の天台《てんだい》寺門《じもん》宗総本山「三井寺《みいでら》」（正称園城寺《おんじょうじ》）の楼門が出色であることを、宗次は学び知っていた。そして金堂の本尊である弥勒菩薩《みろくぼさつ》が、どうやら「黄金仏」であるらしいことも。

宗次は再びゆったりとした足取りで歩き出した。

その表情にはべつに不穏な色はなかった。物静かな様子だ。

楼門が次第に近付いてくる。

「真《まこと》に見事……」

見上げて言葉短く呟いた宗次であった。

楼門が白い参道の上に落としている大きな影の中へと、宗次はゆっくりと踏み込んで足を止め、またしても「ん？……」という顔つきで周囲を見回した。

しかし存在するのは耳が痛くなる程の静寂の他は、澄んだ青空の下の森と楼門、そして参道だけである。野鳥の囀りひとつ聞こえてこない。

「ふむ……」と、宗次は溜息を一つ吐いた。

曽雅邸を出る一刻ほど前、居間へお祖母様《ばばさま》に招かれて二人だけで交わした言葉が何故か脳裏にはっきりと甦ってくる。お祖母様《ばばさま》の声と表情までがはっきりと。

「いよいよお別れですのう宗次先生。美雪のことくれぐれも宜敷《よろし》くお願い致します」

「はい。必ず無事に江戸の西条家までお届け致します。ご安心下され」

「この曽雅家も、この祖母《ばば》個人も宗次先生の剣で随分と救われました。それでのう先生、お別れするにあたって、この曽雅家の見えない部分、つまり先生の目にはとまらなかった『影の部分』について、きちんと打ち明けておくべきが作法、と考えまするのじゃが……」

「いやいや、お祖母様《ばばさま》。私は、伯父百了禅師《びゃくりょうぜんじ》と曽雅家とのかかわりの中でいわば偶然に此処へ訪れた者に過ぎませぬ。ましてや江戸へ戻りまする立場。曽雅家の歴史の『影の部分』は、そっとしておくべきかと……」

「いや、しかし先生、それではのう……」

「そっとしておきなされませ、お祖母様《ばばさま》。此度の騒ぎが大きくなる心配は、ほぼ無くなったと私は判断いたしております。曽雅家の長く深い歴史の『影の部分』については、そっと……が何より大事かと考えまする」

「そうですかのう……」

「曽雅家は今後においても決して揺るぎますまい。揺らぐことのない条件を三つ確《しつか》りと備えていらっしゃる。お祖母様《ばばさま》の長い年月をかけた御苦労の賜物《たまもの》でござりましょう。尤もいま申し上げたことは、伯父百了禅師の受け売りの部分もございまするが」

「三つの条件?」

「はい。大和国《やまとのくに》最大の滋味《じみ》なる豪家《ごうか》として先ず一に、奈良奉行、奈良代官などの幕府地方高級官僚を大切に可愛がり実に巧みに交誼《こうぎ》を深めておられること。次に二として田畑を基盤とする民百姓経営に異色の手腕を発揮なされておられること。そして三に、大和国《やまとのくに》の多くの神社仏閣のみならず近隣諸藩にまで豪家の立場でお優しい影響力を見事なまでに広めておられるようであること……などでござりましょう」

「宗次先生にも百了禅師《びやくりようぜんじ》様にもこの祖母《ばば》が、そのようにお見えになったのですかのう。この祖母《ばば》は、そういう三条件などは意識も計算もせずに無我夢中の数十年を生きてきたように思うとりまするのじゃが」

「それこそが、お祖母様《ばばさま》の凄みなのでございましょう。それこそが、いつの間にか大勢の人人を穏《おだ》やかに屈伏させる、見えざる大権力を育んで参ったのでございましょう」

「見えざる大権力……」

「左様です。曽雅家の権力の形や色や荒荒しさが過ぎて著しければ、この御屋敷は遠い昔に崩壊していたやも知れませぬ。本来なら幕府天領であるべき広大な田畑と大勢の民百姓が、いまだ古代の香りを残したるまま曽雅家に安堵《あんど》されているという現実は、異例中の異例と申せましょう」

「はい。それは確かにのう……神君家康公の御蔭《おかげ》なのじゃが」

「だからお祖母様《ばばさま》。曽雅家の『影の部分』は、そっと……で宜しい、そっとで。それが何よりであると確信いたしまする。私はお祖母様《ばばさま》から何も聞かず何も教えられず、この御屋敷を去らせて戴きます。そうさせて下さりませ」

「先生は、なんと大きな御人《おひと》ですのう」

そう言って大粒の涙をひと粒ぽろりとこぼしたお祖母様《ばばさま》が、畳に両手をついて深深と頭《こうべ》を垂れた様子が、いま目の前であったかのように思い出される宗次であった。

「また必ず訪れましょうぞ、お祖母様《ばばさま》」

呟いて宗次は楼門の大きな影の中を、正面の高く組み積まれた石段に向かって静かに進んだ。

幾段もの石段を上がり切って、楼門を潜り抜けたところで、「ほう……」と感嘆《かんたん》の小声が宗次の口から漏れた。そこには、とても無住の寺とは思えぬ佇《たたず》まいの建物が規則正しい美しい位置づけを見せて、建ち並んでいた。凡そ一町（約一〇九メートル）ほど先に「金堂」が、そしてその右手やや奥に鎮守社《ちんじゅしゃ》らしい建物が見えている。

飛鳥・奈良時代の寺院の中心仏舎は「金堂」と称し、本堂とは言わない（本堂は平安時代以降の寺院から）。

楼門と金堂との間はつまり広広とした境内であって、左方向に手前から鐘《しょう》楼《ろう》、宝蔵、大師堂の順で建ち並んでいる。

大師堂の奥、森にやや入った位置に堂堂たる五重塔が建っているのが圧巻であった。

神社仏閣に造詣《ぞうけい》が深い宗次は「これはまた、何と素晴らしい……」と言葉短く呟いた。

だがである。その目つきが先程までとは打って変わっていた。

研ぎ澄ますような強い光を放っている。たとえば何か異常事態を捉えたとしても、宗次は大抵の場合、目つきをいきなり険しくさせることは少ない。宗次は深く静まり返った境内へと入っていった。厳密には曽我川の堤を下りた所から直ぐ境内らしいのだが。

それはともかく。宗次は真っ直ぐに進んで三段の石の階段を静かに上がり切り、そこで立ち止まると正面の金堂に向かって両手を合わせ目を閉じた。

そして何ということか「お許しあれ……」と、仏に対し許しを乞うたではないか。

合掌を解いた宗次の足は、境内を左手斜め方向へと足を運び五重塔へと向かった。それにしても「お許しあれ……」とは一体何を意味しているというのか。

宝蔵から大師堂へとゆったり伝い渡るようにして五重塔の前まで近付いた宗次は、「これは……」と思わず目を細めた。五重塔より奥まった森、もっと正確に申せば五重塔と、鳳《おおとり》が羽を広げているかの如く威厳を放っている金堂との後背側、そこに目に眩しいばかりの錦秋の森があったのだ。

（お農《のう》が申していた「紅葉の美しい寺……」とは、このことであったか）

宗次は胸の内で呟き五重塔と金堂との間を紅葉の森へと足を進めた。秋の日があふれんばかりに降り注いでいる紅葉の森であった。

しかも散りはじめに入ったのか、赤、黄、茶の生命《いのち》終えた秋の葉が、はらはらと散り出している。その様子が、どこか物悲しい。

金堂の端まで来て色あざやかに紅葉した森が手に届きそうになって、宗次の端整な顔までがその錦秋色に染まったとき、足がぴたりと止まって左手が鯉口に素早く触れた。

只事でない宗次の動きであり、目配りである。なんと少しばかりではあったが目尻までが吊り上がっている。

二呼吸……三呼吸……深くゆっくりとした呼吸までがやがて止まり、ザザッと地面を低く鳴らして宗次の右足が退がった。しかも体を斜めに開いて、右手五本の指を軽く開いているではないか。

それは明らかに「身構え」に入る寸前、揚真流居合抜刀の「備え」であった。

が、その「備え」はたちまち緩んで、宗次の眼差しが穏やかとなる。

「二度……三度と妙な……今迄に無い」

と、宗次は呟いた。今迄に経験したことが無いような妙な気配を二度、三度と捉えたとでもいうのであろうか。

「なまめかしい……」

宗次は秋の空を仰いで漏らし、紅葉した森へと踏み込んでいった。

みるみるうちに宗次の全身が、あざやかな色に染まってゆく。

紅葉の森には、これといった道はなかったが、手入れが行き届いていて雑草の類《たぐい》は全くと言ってよいほど見当たらない。

宗次の肩に背に、色とりどりの葉が降りかかっては地面に吸い込まれていく。

明るくて綺麗な、そして深い森であった。境内のこの森の広大さは、祭念寺の寺歴が生半《なまなか》なものではないことを物語っているのであろう。

暫《しばら》く歩いて宗次はちょっと立ち止まり、振り返ってみた。

金堂も五重塔も、すっかり見えなくなっていた。かなり森の奥までやって来たようだった。

姿勢を戻して僅かに数歩を行った宗次が「お……」と、またしても立ち止まった。秋の空が大きな楕円形《だえん》に望める切り開かれて日当たりの殊《こと》の外《ほか》よい空間が宗次を待ち構えていた。なんと森を背にするかたちで向こう側に、何十基もの墓がずらりと立ち並んでいるではないか。どの墓石も長く風雪雨にさらされてきたのであろう、黒ずんでいる。

おそらく祭念寺の住職や、かかわりのある僧たちの墓なのであろうが、それにしても数多い。この大きく清楚《せいそ》な空間は、そういった人たちの墓地のようであった。

宗次は墓石に近付いていった。

見まわしたところ、真新しい墓石はまだ建立されている様子がない。どうやら、お農《のう》が言う「一月《ひとつき》ほど前に急な病で亡くなった住職」の墓は、まだ建立されていないようだ。新しい住職が就いたならば、その住職の手によって祭念寺のこれまでの戒律に則《のっと》って、建立されることになるのかも知れない。

「ほほう……」

一基一基の墓石を眺めて歩く宗次の口から、小声が漏れて「そうだったか……」というふうに頷いた。

立ち並ぶ墓石の中には明らかに尼僧《にそう》のものが幾つもあって、祭念寺の多彩な寺歴を窺《うかが》わせた。家庭を持っていた僧も住職をつとめていたのか、妻女のものらしい墓もある。

美雪と此処祭念寺で落ち合うようお祖母様《ばばさま》から告げられた宗次であったが、寺歴などに関しては何ら伺っていない。それだけに宗次はこの寺に関心を抱かされた。

「それにしても、なんと清清《すがすが》しい墓所であることか……」

宗次は目の前の尼僧の墓に語りかけるようにしてから、眩しい青空を仰ぎ見た。

「ならば、此処を命の終りとして其方《そなた》の真新しい墓石をつくればよい」

全く不意のことであった。その切れ味のよい響きの野太い声が宗次の背中を叩いたのは。そう……まさに叩くと表現してよい程の切れ味ある野太い声であった。

並の者ならば、その声とその言葉(内容)に大衝撃を受けて震えあがったに相違ない。

だが宗次は、その声の主が背後に現われる気配を前もって捉えていたのか——それとも全く気付かないでいたのか——全く表情を変えることなく静かに振り向いた。

このような場所に一体、何者が不気味な言葉を提《ひっさ》げて現われたのか。

宗次にとって、全く見知らぬ男が、四半町(二十数メートル)ばかり離れたところに立っていた。宗次の見誤りではなかった。全く見知らぬ男だ。しかも目つき表情の鋭く険しい如何にも只者ではない者風な三十前後と思われる二本差しだった。軽く両足を広げた仁王立ちの挑発的な態で、こちらをじっと見据えている。

其奴《そやつ》の大小刀は、柄鞘ともに濃い栗肌色であった。

言わずと知れた飛鳥忍びの領袖《りょうしゅう》、柳生宗春である。江戸の幕臣たちの間で、当代随一の剣客、と高く評されておりながら、延宝三年二月四日「病死によって」江戸から忽然《こつぜん》と姿を消した、将軍家兵法師範柳生飛騨守宗冬(柳生藩主)

の嫡男、宗春であった。

ただ、驚いたことに、宗次は柳生宗春を全く見知ってはいなかった。百了禅師《びゃくりょうぜんじ》とのつながりで曽雅家に寄宿しておりながら、また柳生宗春との間に共通の出来事としてあれほどの騒乱が生じておりながら、宗次は実は柳生宗春の顔を知る機会を得ていなかったのである。それこそ、すれすれと言ってよいほど身近にお互い存在し合っておりながら。

しかし、一方の柳生宗春は、宗次の姿形をしっかりと捉えていた。捉えてはいたがこちらもまた、宗次の素姓を把握しきれないでいた。なぜなら宗次の前に常にお祖母様《ばばさま》が大きな存在として立ちはだかっていたからである。

宗次は黙って相手を見続けた。

相手がぐいっと口元を引き締めて、宗次へ近付くために一歩を踏み出した。気後《きおく》れも迷いも見せていない相手の動きに、宗次は墓石から離れ出した。紅葉の森が楕円形に切り開かれた僧侶とその関係者のためのこの墓地は、殆どが未使用の空き地であり、綺麗に掃き清められている。

そこへ散り出した色とりどりの葉が、大地の色を染めていきつつあった。

二人は墓地——というよりは広場——の中央付近で三間《げん》ほどの間《あいだ》を空けて向き合った。

宗次の表情は落ち着いてはいたが、目にどことなくとまどいの色がある。

なにしろ見知らぬ相手なのだ。それゆえ、予想だにしていない相手でもあった。

宗次のその冷ややかにも見えかねない表情に、柳生宗春ほどの剣客が苛立《いらだ》ちを募《つの》らせた訳でもあるまいが、ギリッと歯を嚙み鳴らせた。

「名乗られよ」

宗次がようやく言葉短く静かに放った。

『名乗る必要などない。其方《そなた》がただ憎いのみ』

「憎い?」

「左様。我慢ならぬほどに憎い」

「私は貴殿を知らぬが……」

「それで結構。知る知らぬなど最早関係ないほどに、其方《そなた》が激しく憎い」

「その理由《わけ》を述べて貰いたい」

「必要ない」

「ただ私を葬りたいのみ、そう言うか？」

「まさしく左様。こうして向《む》き合《お》うているだけでも腸《はらわた》が煮えくり返ってくる」

「其方《そなた》まさか、何ぞ一方的に私を誤解しているのではあるまいな」

「たとえ誤解であっても構わぬ、貴様がこの世にいる限り、俺の心は我慢がならぬのだ」

ついに「貴様」「俺」という言葉を吐いた柳生宗春の目が血走って、めらめらと燃えあがった。自分で自分を煮えくり返らせている如くに。

反対に宗次の表情は、悲し気に沈んでいった。今日に至るまで一体何十回、このような無益無法の寂寞《せきばく》たる光景と向《む》き合《お》うてきたことであろうか。

「さ、抜けい。抜いて身構えよ。尋常に立ち合うてやる」

「抜かぬ」

「抜けい。臆したか」

「べつに臆してはおらぬ。誰とも名乗らぬ無法の者を相手に、我が尊き刀を血に染めたくないだけのこと」

「なにいっ」

「尋常に立ち合いたいのであらば、きちんと侍らしく名乗られよ」

「くくっ」

柳生宗春は再びバリッと歯を噛み鳴らした。苛立ちが極みに達しているかであった。

宗次が付け加えて言った。

「名乗るだけではのうて、私を葬りたい理由《わけ》を堂堂と述べられよ。それも明かさずして斬りかかるならば、ただの野盗……ごろつきと心得るがよい」

「おのれ、言わせておけば……」

「お主《ぬし》、もしやして飛鳥の里、曽雅家にかかわりのある者か？」

「曽雅家？　聞いたこともない」

「ふ……さもあろう。お主《ぬし》の激烈な態度、この美しい大和国《やまとのくに》のたおやかな（やさしい、優美な）大地で育《はぐく》まれた武士《さむらい》のものとは、とうてい思えぬ」

「黙れっ。さ、抜けい」

「その一徹なる凄まじさ……それにその言葉遣い。もしやして遠い江戸にて育まれたものではあるまいか」

「憎い、斬る」

「当たらずと雖《いえど》も遠からず……か」

宗春はギギと歯を軋ませついに抜刀した。胸の内からも脳裏からも、美雪の吉祥天の如く気高い笑顔が片時も離れない。吊り上がった眦《まなじり》は、さながら苦行に捩伏《ねじふせ》られた、幼僧《ようそう》の如し、であった。

「仕方もなし……」

悲し気に漏らした宗次は、気力充《み》たぬまま鞘をサラサラと微かに鳴らして古千手院行信を抜刀した。重い気分であった。此処は御霊《みたま》ねむる墓地である。そうと承知して立ち向かってこようとする相手に、（この墓地を死に場所とする積もりなのか……）と疑った。そう疑わせるに足る相手の余りな無法無謀である、とも思った。その無法無謀が孰《いず》れおのれ自身に必ず跳《は》ね返《かえ》ることが判らぬのか、と悲しかった。

「それでよし」

相手がはじめてニヤリとした。だが表情は苦し気だった。苦しまぎれのニヤリに見えた。が、双眸《そうぼう》らんらんとして荒れ狂っている。剣客というよりは、最《も》早《はや》血に飢えて猛《たけ》りたる一頭の獅子の姿であった。

宗次は右足を軽く引いて古千手院行信の切っ先を、地面に当たる寸前まで落とすと、そのまま不動となった。

柳生宗春が右半身の八双構えとなって、矢張りそのまま不動となる。

ひとたび身構えれば、さすが柳生宗矩《むねのり》、宗冬《むねふゆ》、十兵衛《じゆうべえ》三厳《みつよし》を超えると評価されている柳生宗春であった。その全身から、それまでの荒荒しさがたちまちにして消えてゆく。

(これは見事な……一体この侍は)

何者であるのか、と宗次は相手の身構えに驚嘆した。非の打ち所が無い「静《せい》」にして「剛《ごう》」なる完璧な身構えである。あるいは「極冷《ごくれい》」にして「灼《しやく》熱《ねつ》」なる身構えとも言えようか。信じ難い程にたちまちにして、その寸前までの猛猛《たけだけ》しさを消し去っているではないか。

宗次の身構えは揚真流「地擦《じず》り」の構え。

だが位《くらい》を極めた宗次のその秀麗な身構えを目の前としても、柳生宗春の面《おもて》にはこれといった感情の小波《さざなみ》すら表われなかった。

冷《ひや》やかに目を細めて宗次を真っ直ぐに捉え、まさしく無心不動へと己れを導いている。透徹したような鋭さで。

その剃刀《かみそり》の刃のような相手の立ち姿に、気力がもうひとつ充《み》たなかった宗次の内心に、ようやくのこと炎《ひ》が渦巻《うずま》き出した。

双方共に微動もしない。足の位置に僅かの変化さえもなく無言不動であった。これこそ位《くらい》を極めた二人の天才的剣士の、天下分け目の闘いと言えた。

この闘いに至った経緯など、二人にとっては既に無意味なものとなっている筈だった。あるのは、斬るか斬られるか、ただそれだけである。

じりじりと刻《とき》が過ぎてゆく。

宗次の額にも柳生宗春の首筋にも、小粒な汗が滲み出した。

と、僅かな変化が二人の間に走った。そう、走ったのだ。

柳生宗春の歯が、微かにカリッと嚙み鳴ったのである。

微かな音ではあったがしかし、凍《い》てつくほどの静寂の中を、それは宗次の耳にはっきりと届いた。

そして、柳生宗春の足がジリッと左へと回り出した。いや、回り出したと表現するには余りにもそれは、目立つことのない変化であった。柳生宗春の足の裏で、地面が僅かに擦《こす》れ鳴ったことが、その証といえば証であろうか。

けれども柳生宗春は直ぐにまた、無言不動の境地へと入っていった。

双方の間は凡そ三間、殆ど変わっていない。

刻が音立てることもなく過ぎてゆく。重く過ぎてゆく。

紅葉の林を風がやわらかに吹き抜けて枝葉が少し騒いだが、対決する二人の剣客に恐れをなしたのか早早と静まった。

このときサリッと音がして、思わず柳生宗春が応じるかのように反射的に腰を軽く沈めた。

宗次の古千手院行信が、峰を反転させ刃を相手に向けたのだ。

「ケーン、ケーン」

思いがけない間近で、余りにいきなりな甲高い〝絶叫〟が生じた。

雄《おす》の雉《きじ》(国鳥)だ。

刹那《せつな》、修羅地獄が二人の剣客に覆いかぶさった。

気合いを呑み込んだ柳生宗春が無言のまま、真《ま》っ向《こ》うから宗次に迫る。怯みも迷いも無い、猛然たる正面からの攻めであった。炎《ひ》を噴きあげた攻めであった。驚いた雉が大羽を羽搏《はばた》かせて飛び立つ方が遥かに後《あと》だった。

ガッガッガッと木刀を三合打ち合うような大音が響きわたる。

双方峰で打ち合い、峰で受け合う、渾身の激突。余りにも閃光のような一瞬の激突が、鋼《はがね》に鋼の音を発せさせず、まるで木刀のような断《いなな》きであった。峰が欠け飛び、双方の顔に火花が襲い掛かる。

次の瞬間、二人は蝶のように舞い離れていた。

その隔たり、またしても凡そ三間《げん》。

しかし柳生宗春は寸陰を惜しんだ。その凡そ三間を強力な跳躍《ちょうやく》で殆ど水平状態で飛ぶかのように、宗次に迫った。速い。

ガッガガッと峰と峰が唸り合い、今度は二本の刀は離れず二つの肉体が横へと滑って足元から土煙があがる。

柳生宗春が打った、宗次が受ける。くわっと眼《まなこ》を見開いて柳生宗春が尚叩いた、宗次がまた受ける。目にも止まらぬ壮烈な瞬速の殴打《おうだ》であり、受けであった。そのためか、二つの峰は殆ど融合したかのように絡まり捩《ねじ》れ合った。

「ぬ、ぬ、ぬ、ぬ……」

柳生宗春がはじめて呻いた。呻いて己れの峰で宗次の峰を押しに押した。ギギギギッと峰と峰が攻め合い擦《こす》れ合って悲鳴をあげる。

『いえいっ』

柳生宗春が気合いを発して刃を反転させ、同時に飛び退がった。

手応えあり、と柳生宗春は確信した。刃を反転させて飛び退がるその一瞬に宗次の額《ひたい》を切っ先で狙い打っていた。

柳生宗春は土を鳴らして凡そ五間ほども素早く退がった。

相手との間を大きく空けたのは「斬った確信」を確かめるためだ。

宗次は呼吸《いき》を僅かに乱すこともなく、すらりと立って再び「地擦り」の身構えをとった。相手のその異様とも言える美しい程の落ち着きように、柳生宗春ははじめて背中をゾクリとさせた。

相手に「再び」を合わせるかのようにして、柳生宗春もまた右半身の八双構えとなって、宗次の眉間をじっと眺める。

（おお……矢張り手応え通り）

胸の内で己れに語り掛けるようにして、柳生宗春は目立たぬようほくそ笑んだ。


宗次の額の右寄りから血の糸がすうっと伝い出し、右の目の脇を頬へと流れ落ちていったのだ。

けれども宗次は何事も無かったかの如く無表情だった。

（次は眉間を割る……）

柳生宗春は愛刀の柄を握る手に力を込め、大胆にも四、五歩を一気に踏み出した。双方が正眼に身構えれば、切っ先と切っ先が触れ合いかねない程の至近である。

その直後だった。衝撃が柳生宗春を見舞った。己れの左手の甲が一寸ばかりも口を開け、血が噴き出したのだ。

そして、たちまち痛みが左腕から左肩へと走り出した。

「一体いつの間《ま》に……」

眉を寄せて呟きそろりと生唾を呑み込む柳生宗春だった。けれども怯えの様子などは無い。

これが揚真流の秘剣「同時斬り」であった。相手が斬り込んでこようとする時に生じる針の先程の身構えの乱れと隙《すき》を光のように返し討つ、宗次の位《くらい》高き手練の業《わざ》である。

けれども柳生宗春も、江戸の幕臣の間では当代随一と評されてきた剣客。相手の同時返し討ちにやられた、と直ぐに気付いた。

（この男……殺《や》り甲斐《がい》がある）

そう思った柳生宗春の内心で、殺意が一層のこと激しく膨《ふく》れあがった。

勝ち誇って美雪を抱きしめている雄雄《おお》しい己れの姿が、胸の内を走った。

宗次は瞼を閉じているのではないか、と思われる程に目を細めていた。自身の視線の変化、動きを相手に悟《さと》らせないためだった。

宗次の視線は八双に構えた相手の左手の甲——血を垂らしている——に注がれていた。

「参る」

柳生宗春が宣戦した。一流を極めた天才剣士の武士道であった。

けれどもその宣戦よりも、地を蹴りあげた方が二呼吸《ふたこきゅう》以上も早かった。

切っ先が矢のように宗次の喉元を突く。凄まじいばかりの速さ。

古千手院行信がその切っ先を辛うじて弾き返す。弾いた古千手院行信が、刀身を立て直すよりも先に、柳生剣が突いた、また突いた。

宗次がなんと、もんどり打って横転。いや、同時か僅かにその直後かに、柳生宗春もまともに宗次によって左脚を払われ横倒しに叩きつけられていた。

「おのれっ」

憤怒と共に跳ね起きざま一間《けん》ばかりを反射的に退がった柳生宗春は、愕然となり息を呑んだ。

いつの間に起きたのか、相手はすでに流麗という表現以外は当て嵌《は》まりそうにない下段構えを、寸分の隙《すき》も無くぴたりと決め込んでいた。

（これは……まるで役者構え……）

その思いが咄嗟《とっさ》に柳生宗春の脳裏を過《よ》ぎった。悔《くや》しいが見蕩《みと》れた。

すると――宗次の右の耳から日を浴びた柘榴《ざくろ》（日本へは平安期以前に渡来）の種《み》のよ

うな血の滴《しずく》がぽとりぽとりと垂れ出した。

（む、む……）

肚《はら》の内で呻いて柳生宗春の顔はたちまち青ざめた。一撃一撃の狙いを定めて瞬速の連打を放っていたにもかかわらず、己れの切っ先が僅かにしろ宗次の耳に届いていたとは全く判らなかった。己れが全く判らなかったそれを、相手があざやかに躱《かわ》す目的で自ら横転したのだと知って、柳生宗春はようやく戦慄《せんりつ》した。

双方無言不動の対立が、またもや訪れて、一陣の風が墓地を吹き抜ける。

二人の足元で、蟀《こおろぎ》が鳴き出した。一匹……二匹……三匹……そこいらあたりで一斉に。

刻が重苦しく過ぎてゆく。その間《かん》、宗次の手になる古千手院行信の切っ先はひと揺れもしない。額からの血の筋はすでに乾き、右の耳からの血の滴もすでに止まっている。

このとき何かを感じたのか、蟀が揃って鳴き止んだ。

次の瞬間、不動対不動の均衡が崩れた。

火だるまと化したかの如く、柳生宗春が打ち込んだ。猛攻であった。憤怒の攻めであった、憎悪の連打であった。

鋼と鋼とが十文字に激突し合い、ガチン、バンピン、チャリーンと甲高い響きが双方の鼓膜を痛打。

峰対峰ではなかった。刃対刃であった。殺意が煮えくり返って、二人を飲み込んでいる。

「おのれえっ」

絶叫して柳生宗春が打つ。また打つ、尚も打つ。斬り込みの全てを宗次に弾かれ、柳生宗春の形相《ぎょうそう》がいよいよ阿修羅《あしゅら》と化した。双方の額と額が殴り合うかのような凄絶な近接戦闘。

バンピン、ガツンと二本の刀身がぶつかり合って悲鳴をあげ、刃が煌《きら》めいて欠け飛び、陽差し降る中へ火花が散った。

「ぬん、ぬん、ぬん」

柳生剣が休まない、諦めない。炎《ひ》を噴き光と化したかの如く、凄まじい速さで宗次の横面を狙い、肩を打ち、腰へと斬り下ろす。

そのたび空気が裂かれ、乱れて渦を生じ、鋭く軋んだ。

近接戦闘のその柳生剣の驚異的な連続打ちを、宗次が無言のまま次次と弾き返す。

攻める動きも、守る動きも、とうてい常人《じょうじん》の目には映らぬ疾風迅雷《しっぷうじんらい》。

まさに怒濤《どとう》のような、柳生の反復剣《はんぷくけん》であった。執念剣《しゅうねんけん》であった。

「くわいっ」

矢庭に柳生宗春が異様な気合いと共に地を蹴り舞い上がる。

この時にはもう柳生剣が唸りを発して、宗次の脳天に打ち下ろされていた。

頭蓋の割れる酷い音。飛散する血しぶき。

悲鳴をあげる暇《ひま》もなく、宗次が前のめりに倒れてゆく。

誰の目にも、そう映ったに相違ない強烈の一撃であった。

だが、着地した柳生宗春を待ち構えていたのは、金縛《かなしば》りだった。

動けなかった。いや、動ける状態ではなかった。

いつ、そうなったのか、柳生宗春の目に全く止まらなかった無残な現実が我が身に生じていた。

古千手院行信の切っ先三寸が、左首すじに張り付いていたのだ。

それは真剣を取ってこれまで負けたことがない柳生宗春が、はじめて知らされた薄肌への刃の冷たさだった。

「刀を捨てられよ。小刀も……」

はじめて宗次が口を開いた。深みある、おごそかでもある口調だった。

「捨てぬ。斬れ」

「斬る必要もない。お主《ぬし》は敗《やぶ》れた」

「敗《やぶ》れたは認めよう。だから斬れ」

「まだ名を聞いておらぬ。私を斬ろうとする理由《わけ》も聞いておらぬ」

「だれが話すかっ」

憤怒の調子で唇をわなわなとさせる柳生宗春であった。

「打ち明けねば、真に斬らねばならぬ」

「だから斬れっ」

言うなり柳生宗春は、右手にある大刀を高高と宙へ投げ上げた。

くるくると回転するその刀へ、宗次の視線がチラリと流れる。

途端《とたん》、空いた右手を小刀の柄へと運んだ柳生宗春が、宗次の左の胸へ手練の居合抜刀を放った。なんたる早業《はやわざ》。

が、宗次が飛燕《ひえん》の足業で飛び退がる。

飛び退がるその寸前、古千手院行信が刃を反転させ、峰で柳生宗春の首根を強打した。まさに早業対早業の真《ま》っ向《こう》勝負であった。

「あうっ」

敗北の呻きを発して両脚を折り、そしてほんの少し横向きにゆっくりと俯《うつぶ》せとなってゆく柳生宗春。

宗次はようやく静かになってこちらを向いている相手の意外な顔をじっと眺めた。それはどこか、大事な大仕事を済ませた後《あと》のような、安らいだ表情であった。やさしさ、さえ漂わせているかに見えるではないか。

宗次は古千手院行信を懐紙で清めて鞘に戻すと、直ぐ脇の地面に落下して突き刺さっている刀を引き抜き、矢張り懐紙で清めて相手の鞘へ納めてやった。

そして相手の呼吸が乱れなく安定していることを見届け、宗次は闘いの場から離れていった。

境内の手水舎《ちょうずや》で額と耳の傷を清めさせて貰った宗次は、金堂に向かって「お許しあれ……」と呟いて一礼し、そしてその後背に広がる紅葉の森で眠っている素姓判らぬ柳生宗春のことを思った。

（業の特徴をわざとらしく見え隠れさせている部分があったが、柳生新陰流ではなかったか……私に敗《やぶ》れたとは言え、その実力差は紙一重。それにやさしい気質《きだて》を覗かせていたあの安らぎの表情。恐らく相当に位《くらい》高き剣客なのであろう）

いずれまた会《お》うてみたい、と胸の内で呟き残し、宗次は楼門へと足を向けた。

「ケーン」とまた、遠くの方から雉の鳴き声が聞こえてくる。

気のせいか、今度は鋭く力んだ鳴き声のように、宗次には聞こえた。

神聖なる紅葉の林における真剣の果たし合いを、怒っているかのように。

楼門まで来た宗次は振り返って、「すまぬ……」と呟き頭を深深と下げた。

古刹の楼門中程の足元には必ずと言ってよい程に、横に渡されている太い柱「敷居」がある。宗次はその決して踏んではならない「敷居」を左足から跨いで楼門の外に出ると、もう一度振り返って金堂に一礼をした。

自然石で組み合わされた階段を下りた宗次はゆっくりと歩いた。真っ直ぐに伸びる白い玉砂利が敷き詰められた参道に、ようやく心が洗われた気がした。

立ち止まり青青とした空を仰いで、小さな息を吐く。額の傷に僅かな痛みがあった。

このとき参道の彼方に、数人の姿が現われた。

家臣たちに護られた美雪の訪れであると、宗次には判った。

美雪も宗次に気付いた。遠い隔たりであるというのに、足を止め丁寧に美しく頭を下げる。こういった時の美雪の作法はいつもたおやかに香り輝いている。

その直後であった。何かに思い至ったかのように宗次の面《おもて》にハッとしたような翳《かげ》りが走った。

「まさか……」

と楼門の方を振り返った宗次の脳裏に、柳生宗春の怒りの形相が甦る。

宗次の面《おもて》に、みるみる苦渋《くじゆう》の色が広がっていった。

（完）

〈特別書下ろし作品〉

残《のこ》り雪《ゆき》　華《はな》こぶし

寛文四年（一六六四）春大和国《やまとのくに》、三輪《みわ》の里大神神社《さとおおみわじんじゃ》。

その人物たちを除いては、ひとりの参拝者の姿も見当たらない静けさ満ちた広大《けいだい》な境内の隅隅に、いま西に傾きつつある陽《ひ》が降り注いで、境内東奥《ひがしおく》の真新しい拝殿《はいでん》が黄金色《こがねいろ》に輝いていた。

「美しく出来あがったのう、満足じゃ」

年の頃は二十三、四というあたりであろうか。さわやかな面立《おもだ》ちの浪人態《ろうにんてい》が拝殿を眺めながら目を細めて頷いた。

その若い浪人態を左右から挟むほんの半歩ばかり退がった位置に、只者とは思えない鋭い目つきの若くはない浪人二人が、共に両拳《こぶし》を軽く握り両脚を小股開きとした姿勢で立っている。剣の極みに達している者が見れば、その目つき鋭い二人の浪人の佇《たたず》み方が、「瞬変即攻《しゆんぺんそつこう》」の佇み方であると判った筈であった。身辺の急激な変化に対しいかなる即応もできる、ということを意味している。

「誠に善《よ》い事をなされましたな上様。此度《こたび》の拝殿造営は今後の徳川《とくがわ》史に確《しつか》りとした足跡《そくせき》として末長く残って参りましょう」

若い浪人態の右後方へ半歩ばかり退がった位置に控えている浪人が、穏やかなやや低い調子の声で言った。言いながらも、さり気なく辺り四方へと向けられている目つきに、隙《すき》が見られ無い。年の頃は五十を出た辺りであろうか。

どことなく只者《ただもの》には見えぬこの初老の浪人の口から出た「上様」そして「徳川史」という二つの言葉を聞く参拝者が若《も》し近くにいたならば、おそらく腰を抜かしたことだろう。

この二つの言葉が揃《そろ》って浪人の口から出たということは、二十三、四に見えるさわやかな面立ちの若い浪人態は、征夷大将軍《せいいたいしょうぐん》正二位右大臣徳川家綱《いえつな》公、ということになる。

「宗冬《むねふゆ》が私《よ》の兵法師範に就《つ》いたのは、いつの事であったかのう」

「明暦《めいれき》二年（一六五六）の事でございまする。上様十五歳の御年《おんとし》であられました。私《わたくし》が従五位下飛驒守《ひだのかみ》に叙《じょ》せられましたのが、その翌年でございまする」

「もうそれ程になるのかあ。年月《としつき》の経《た》つのは早いものじゃのう。其方《そなた》が私《よ》に『将軍としてではなく人間として、何か世に長く残ることを一つでもよいから成《な》し遂《と》げなされ』と教えてくれたことが、此度《こたび》の大神神社拝殿《おおみわじんじゃはいでん》の造営に結び付いたのじゃ。こうして眺めると誠に心地《ここち》がよい。心から礼を申すぞ宗冬」

「勿体《もったい》ない御言葉でございまする。こうして上様と、それこそ**歴史にその足跡を残さぬ徹底したお忍び旅**に出られましたること、この宗冬にとりまして生涯最高の思い出となりまする」

「私《よ》とて同じじゃ。この大和国《やまとのくに》へ着くまでは、実に楽しいことの毎日であったわ。京《みやこ》の御所様（天皇）へお立ち寄り致さぬ事が、いささか良心に堪《こた》えてはおるがのう」

「**徹底したお忍び旅**でござりまするゆえ、それに関しましては割り切りなされませ」

「うむ。そうよな。お許し戴こう。ところで貞頼《さだより》……」

「はっ」

今度は、若い浪人態の左後ろへ半歩ばかり退がった位置に控えていた、見るからに練達の剣士という端整な風貌の偉丈夫《いじょうふ》が、ほんの僅《わず》か前に進み出た。

年齢《とし》は三十半ば、という辺りであろうか。

「貞頼はどうなのじゃ。江戸よりこの大和国《やまとのくに》までの旅は楽しかったか」

「はい。むろん楽しゅうございました。同時にひどい肩の凝《こ》りにも悩まされましたが」

「終始、私《よ》の身そばに張り付いておらねばならぬ責任があったからだと言うか」

「御意《ぎょい》」

「こ奴め。私《よ》も道道《みちみち》の綺麗な女性《おなご》に声を掛けようとしては貞頼の鋭く怖い目で睨《にら》みつけられて、大層堅苦《かたくる》しかったわ、のう宗冬」

「さあて、どちらに味方すれば宜《よろ》しいのやら……」

三人は顔を見合わせて穏やかに笑い合った。その光景からお互い相当に強い信頼の絆《きずな》で結ばれているように見える。

それもその筈《はず》。年若い浪人態から「宗冬」と呼ばれた五十年輩の人物は、徳川将軍家兵法師範で大和柳生《やぎゅう》家（藩）一万石の当主（大名）、従五位下柳生飛驒守宗冬だった。

そして「貞頼」と呼ばれた三十半ばに見える人物は武官筆頭大番頭《おおばんがしら》六千石の大身《たいしん》旗本、西条山城守《さいじょうやましろのかみ》貞頼であり、柳生新陰流《しんかげりゅう》を宗冬直伝《じきでん》で免許皆伝を許された剣客である。時には宗冬の求めで将軍を相手に稽古をつけることを許されてもいる立場だ。

つまり、二十三、四に見えるさわやかな面立ちの若い浪人態は、まぎれもなく征夷大将軍正二位右大臣徳川家綱その人であった。

「さあて宗冬。そろそろ今日の最終の予定を終えてしまおうではないか」

「平等寺《びょうどうじ》（奈良県桜井市三輪）へ参られることを強くお望みであられましたな。西《に》陽《し び》はまだ高《た》うご《こ》ざいますから、充分に往《い》って戻ってくることはできましょう」

「貞頼、念のためじゃ。平等寺までの道程《みちのり》を神職殿に確認して参れ」

「承知いたしました」

西条山城守が一礼して徳川家綱の前から離れていった。

西陽を浴びて眩《まぶ》しいほどに圧倒的な荘厳《そうごん》さを漂《ただよ》わせている拝殿の北詰の位置に、神職の身形《みなり》の数人と一人の武士が、緊張した面持ちで身じろぎもせず佇んでいる。

西条山城守が自分たちの方へやってくると察した神職の内のひとり——気品ある面立ちだが痩身《そうしん》の——が五、六歩を進み出て恭《うやうや》しい眼差《まなざ》しで山城守を待った。将軍家綱を護り抜いて遠い江戸より長い道のりを大和国《やまとのくに》入りした山城守に対する、それが神職にある者の自然な敬《うやま》いの作法なのであろうか。

「大神主殿……」

西条山城守が笑顔で声を掛けながら近付いてくると、「はい」と控え気味な笑みを返す痩身の若くはない大神主（筆頭神主）であった。

この大神主の名を高宮清房《たかみやきよふさ》（実在）といってその家柄は、後醍醐《ごだいご》天皇の南遷《なんせん》に近侍し戦場《いくさば》にて赫赫《かつかく》たる武勲を立てた大神主正五位下左近将監《さこんのしょうげん》高宮勝房《かつふさ》や、賊徒《ぞくと》討伐などで勇名を馳《は》せた大神主従五位下主水正《もんどのしょう》高宮元房《もとふさ》などを先祖にいただく名族であった（歴史的事実）。

「のう大神主殿。上様がこれより平等寺へ参りたいと申されておるのじゃが、昼餉《ひるげ》の席で大神主殿より大体の位置をお教え戴いておるその場所まで、どれ程の刻《とき》をみておけば宜しいかの」

「さほどは要しませぬ。ゆっくりとした足取りで参られましても空に秋の夕焼けが広がる前までには充分に戻ってこられましょう」

「おお左様か。では厚かましく夕餉《ゆうげ》の御世話になる迄《まで》の間、ちと上様に平等寺界隈《かいわい》をも散策を楽しんで貰うと致しますか」

「それが宜しゅうございましょう。ただ、靄《もや》が湧き出しましたならば、直《す》ぐにお戻りなされませ」

「靄が？」

「はい。平等寺は今時分、息を呑《の》む程に美しい薄紅色の桜の花にすっぽりと覆われておりまするが、この季節になると夕刻になって、たまに濃い靄に覆われることがありまする。ま、頻繁にではありませぬから左程に気になさることはありませぬが」

「判りました、気を付けましょう」

「いずれに致しましてもこの大神神社《おおみわじんじゃ》から直ぐ、御神体《ごしんたい》（三輪山・標高四六七メートル）に抱かれておりまする森の中でございます。ともかく、この界隈一体は全て御神体の懐《ふところ》でございまするから」

「そうでありましたな。森の奥へ迷い込まぬように気を付けましょう」

「木立《こだち》に覆われた道は薄暗く細いですけれども整うてございます。あらぬ方角へと関心を抱かれて踏み込まぬ限り、まず道に迷う心配はございませぬ」

「心得ました。では行って参りましょう」

「お気をつけなされまして」

「はい」

西条山城守は大神主高宮清房に対し丁重《ていちょう》に一礼すると、踵《きびす》を返した。

と、大神主の背後に居並んでいた神職たちの中に混《ま》じるようにして表情硬く佇んでいた武士が「恐れながら……」と、やや慌て気味に西条山城守の背を追った。

西条山城守が足を止めて振り向く。

「山城守様。私も何卒《なにとぞ》ご一緒させて下さりませ」

「そなた……」

西条山城守の表情がその武士に近寄られて厳しくなったことに気付いた大神主高宮清房が、くるりと体の向きを変え元の位置にまで七、八歩を退がった。二人の武士の間で交わされるであろう会話が、耳に入っては失礼となる、と判断したのかも知れなかった。

が、西条山城守が近寄ってきたその武士に語りかけた声は低かった。

「そなた、自分が置かれている立場にまだ気付いておらぬな」

「は？」

「此度《こたび》のお忍び旅を徹底なされようとしていた上様が、何故《なぜ》にわざわざ荒井《あらい》奉行の其方《そなた》、土屋忠次郎利次《つちやちゆうじろうとしつぐ》に声を掛けてこの大和国《やまとのくに》へ同道させたか判らぬのか」

「は、はあ……それが判らず実は大層悩んでおりました。道道における上様のお話相手は飛騨守様と山城守様で、私のような下級の者には殆《ほとん》どお声を掛けては下さりませんでした。お教え下されませ山城守様。私は何故《なぜ》同道を命《めい》ぜられたのでございますか。お願いでございまする」

「上様は、此度の旅で道中地図を幾度となく眺めるうち、荒井奉行所の機能を一層強化する必要があることに気付かれなさったのじゃ」

「まさかに……」

「おそらく上様は荒井奉行所の現組織の大幅な改編を胸の内で検討なさっておられるだろう。むろん、其方《そなた》の新しい御役目についてもな」

「新しい御役目……それについて山城守様は既に判っておいでございましょ

うか」

「判らぬ。じゃがこうして其方《そなた》を大和国《やまとのくに》にまで同道させた以上は、見当がついておる」

「お教え下さりませ。決して他言は致しませぬ。また見当はずれの結果となっても構いませぬ。どうか山城守様……」

「奈良奉行じゃ」

「えっ。な、なんと申されました」

「このような大事なことを二度言わせるでない。ともかく其方《そなた》は平等寺へ同道せずともよい。昨日の午後《ひる》に密《ひそ》かに大和国《やまとのくに》入りした我等四人の動きに関しては、おそらく既に奈良奉行中坊美作守時祐《なかぼうみまさかのかみときすけ》（実在）の耳に入っていよう。慌てて此処《ここ》へ馬で駆けつけることも考えられるゆえ、其方《そなた》が応対して、上様はお忍び旅であることを確《しつか》りと告げ、くれぐれもお騒ぎのないように、と強く説いておくように。宜しいな」

「あ、はい。承《うけたまわ》りましてございまする」

「二代目の奈良奉行中坊美作守はもう高齢じゃ（事実）。色色と苦労話などを聞かせて貰えれば、其方《そなた》のためにもなる筈じゃ」

言い置いて西条山城守は踵を返した。その山城守の背に、荒井奉行の土屋忠次郎利次は尚も食い下がった。

「あ、あの、山城守様。では奈良奉行の中坊様も今宵《こよい》の夕餉に同席して戴きましては……」

「其方《そなた》に任せる」

西条山城守は、「何を長話をしている」と言わんばかりの難《むつか》しい表情でこちらを眺めている将軍家綱と飛驒守宗冬の方へ足を急がせた。

実は、二代目奈良奉行中坊美作守が、高齢を理由として昨年の寛文《かんぶん》三年（一六六三）十月三日に幕府へ既に辞表を提出（歴史的事実）していることを、山城守は上様から聞かされ知っていた。後任が正式に決まるまで、中坊美作守は現在も一応、奈良奉行の立場に止《とど》ってはいるが。

つまり土屋忠次郎利次の荒井奉行から奈良奉行への人事異動は、この日の段階では事実上決定していると言ってもよい状況だったのである〈公式決定日は寛文四年（一六六四）五月一日付〉。

土屋利次の荒井奉行とは、遠江国浜名郡荒井《とおとうみのくにはまなぐんあらい》に設けられている関所（荒井の関所）を統括する役職だった（のち荒井の地名は新居に改められ『新居の関所』となる。現、静岡県湖西市新居）。

「どうしたのじゃ貞頼。土屋が不満そうに此方《こちら》を眺めておるが」

近付いてきた西条山城守に将軍家綱が口元に笑みを浮かべながら訊《たず》ねた。

「上様の御供をしたいと申し出ましたので、奈良奉行が訪ねて来た場合の応接をぬかりなく行なう事も大事じゃと、それについての要領を命《めい》じておきました」

そう言いつつ家綱の前で立ち止まった山城守は、綺麗に調《ととの》った一礼を忘れなかった。

「そうか……」と頷いてみせた若い家綱は、飛驒守宗冬よりも風格ある西条山城守のこのビシッとしたところが好きであった。時として兄のように感じることさえもある。

「奈良奉行は来《く》るかのう」

「間違いなく参りましょう。すでに我我の動きは耳に入っている筈でございます。腰を抜かさんばかりに驚いて馬を走らせて来《く》るに違いありませぬ」

「では、来《こ》ぬうちに平等寺へと出掛けるか」

「はい」

三人は拝殿に対し無言のまま深深と頭を下げてから、境内を南に向かって、やや足早に歩き出した。

申し合せをするまでもなく、山城守が先導し飛騨守宗冬が家綱の後背の位置に付いていた。

家綱との間は、山城守、飛騨守とも、それぞれ二間《けん》ほどを空けている。いわゆるこの「守り幅」が、急変事態に対する柳生新陰流の居合抜刀「月影《つきかげ》」の最も理想であることを、山城守は理論的にも実戦的にも、飛騨守宗冬から徹底的に叩き込まれていた。

将軍の身辺を警護する「警護・反撃剣法」を、形を重視した道場剣法（木刀剣法）から実戦剣法（真剣法）へと高めていったのは、江戸柳生の祖として幕府総目付（後の大目付）の地位にあった今は亡き柳生但馬守宗矩《たじまのかみむねのり》（宗冬の父）よりも、飛騨守宗冬の貢献が大きかった。

ただ、柳生但馬守宗矩は、政治的能力や剣技創造能力に非常に優れ、将軍家だけでなく老中・若年寄など幕閣の信頼も絶大だった。将軍家や老中が呈する苦言には易易《やすやす》とは頷かない徳川御三家も、同じことを但馬守宗矩が目つき鋭く言えば、腕組をし天井を仰《あお》いで「わかった」と応じざるを得なかったという。

「のう、宗冬……」

家綱が前を向いたまま、後ろの飛騨守宗冬に声を掛けた。

「は……」と応じた宗冬ではあったが、目は然《さ》り気《げ》なく用心深く周囲《あたり》に注意を払って、将軍家綱との間を詰めようとはしない。

「今朝、朝餉の席で大神主高宮清房から聞かされた三輪山平等寺（単に平等寺とも）と聖徳太子《しょうとくたいし》とのつながりは誠に興味深いものじゃったのう」

「推古《すいこ》天皇期（在位五九二～六二八）に国政《まつりごと》について広く任されておりました聖徳太子は各地に出没する賊徒の平定にも誠に熱心で、三輪明神《みわみょうじん》（大神神社《おおみわじんじゃ》の意）に祈願して十一面観音《かんのん》を彫り、これを祀《まつ》る寺（大三輪寺。後の平等寺）を建立《こんりゅう》したところ、たちまち世の中が穏やかになった、と大神主殿は熱っぽく話しておられましたな」

「うむ。聖徳太子は余程に神仏の御利益《ごりやく》が集まる崇高《すうこう》な御方《おかた》であられたのだのう。私《よ》も見習《みなろ》うて励まねばならぬ」

「上様。大和文化の発祥地でござります古都三輪は、飛鳥古京《あすかこきよう》の地よりもなお古き歴史の謎《なぞ》に厚く包まれたる所です。遥《はる》か悠久《ゆうきゆう》の昔、この三輪の地に燦然《さんぜん》たる輝きを放っておりましたる三輪王朝《みわおうちよう》(歴史的事実)の解明《かいめい》は、飛鳥古京の時代以前にまで遡《さかのぼ》らねばなりませぬ。その三輪王朝を見守ってきたとされる古社大神神社《おおみわじんじや》の拝殿を、上様は新たに造営なされたのです。聖徳太子に勝《まさ》るとも劣らぬ偉業であると、大いに胸をお張りなされ」

「さすが大和柳生を治める宗冬の言葉には説得力があるのう。じゃが宗冬。武門の家に生まれし私《よ》は、聖徳太子のような尊きお血筋には恵まれてはおらぬ。うらやましいと思うぞ」

「何を仰《おお》せられます。今のお言葉、天下を治める徳川将軍として口に致してはならぬお言葉ですぞ、ご自重《じちよう》なされませ」

「まあ、そう言うな宗冬。うらやましいと思うが、べつに己れを卑下《ひげ》など致してはおらぬ。私《よ》は曽祖父《そうそふ》に徳川家康《いえやす》を戴いておることを誰よりも誇りに思い有難くも思うておる」

「当然でござりましょう。いや、当然以上のことでござりまするぞ」

「じゃがのう宗冬。厩戸皇子《うまやどのみこ》とも言われた御利益《ごりやく》集まる聖徳太子のお血筋は誠に凄いではないか。太子の父君であられる用明《ようめい》天皇は、欽明《きんめい》天皇を父とし、蘇我稲目《そがのいなめ》（朝廷の大権力者）の娘堅塩媛《きたしひめ》を母としてお生まれなされた。その用明天皇と泥部穴穂部《はしひとのあなほべ》皇女との間に第二皇子としてお生まれなされたのが聖徳太子ではないか。違うか宗冬？」

「いえ。仰せの通りでございまする。そして、太子の母君であられる泥部穴《はしひとのあな》穂部《ほべ》皇女は、矢張り蘇我稲目の娘小姉君《おあねのきみ》（堅塩媛《きたしひめ》の妹）を母としてお生まれになっております。ま、確かにその意味では、凄い権力的お血筋かと……」

「宗冬も、そう思うであろう。ところで、黙黙と前を行く貞頼よ」

家綱は目を細め、やさし気な笑みを浮かべていた。

西条山城守貞頼が立ち止まって、「は……」と振り向いたが、その表情には家綱が何を言わんとしているか察しているかのような、困惑《こんわく》を漂わせていた。

「おいおい貞頼。その難《むつか》しい顔つきは若しかして私《よ》の口を塞《ふさ》ごうと致しておるのではないか。そうであろう」

「恐れながら、天下の将軍にあられまする御方様《おかたさま》の口を塞ごうとする勇気も業《わざ》も、この私《わたくし》は持ち合わせてはおりませぬ」

「ははは。言うてくれたな貞頼。じゃがな貞頼……ま、歩きながら話そう」

家綱は柳生新陰流居合抜刀「月影」の備えに不可欠な貞頼との間《はざま》を早足で詰めてしまうと、肩を並べた。

将軍家綱のその後ろ姿にちょっと苦笑した柳生飛騨守宗冬は、しかし落ち着いた表情で周囲《まわり》を見まわし、これも足を急がせて前の二人との間を詰めていった。

三人が進む通りの左手直ぐには、大神神社《おおみわじんじゃ》の「御神体そのものである三輪山」の鬱蒼《うっそう》たる森が空を覆わんばかりに聳《そび》え、右手には「三輪成願稲荷社《じょうがんいなり》」がぽつねんと神気に包まれて小さく佇んでいた。

この「三輪成願稲荷社」は、素直な清い心と清い躰《からだ》で、好きな男との愛の成就《じょうじゅ》について真剣に祈願すると、その願いを必ず叶《かな》えてくれるという伝説で知られている。それゆえ、桜花美しい春とか、楓《かえで》や山桜や七竈《ななかまど》の葉が紅葉して錦繍《きんしゅう》を織《お》りなす秋深くには、心やさしき女性《おなご》たちがひっそりと訪れたりするらしい。

「上様……」

徳川家綱が何事かを言おうとするよりも先に、柳生宗冬の最高の門弟と言われている西条山城守貞頼が立ち止まり、「三輪成願稲荷社」を指差した。

将軍家綱がその方向を見、そして視線を山城守へ戻した。

山城守が重い口調で言った。真顔だ。

「上様。あの『三輪成願稲荷社』へお寄り致しませぬか。……確か『願いがよく叶う』と大神主殿が朝餉の席で申されていた稲荷社でございましょう」

「ん?……おう、この稲荷社のう」

猫の額ほどしかない狭い境内の入り口に立っている朱塗りの鳥居《とりい》(神社の門。鳥《と》栖《い》とも)を、将軍家綱は少し眩《まぶ》し気《げ》に目を細めて眺めた。べつに陽差しが射し込んでいる訳ではない。

その鳥居は塗り変えられたばかりであるのか、確かに眩しいばかりのあざやかな朱の色であった。その鳥居の直ぐ脇に「三輪成願稲荷社」と白文字で書かれたこれも朱塗りの小柱が立っている。

此処の鳥居は小さな神社などでよく見られる最も一般的な明神鳥居《みようじんとりい》と呼ばれている形式だった。左右の二本柱を連結している最下の位置の横木（水平材）を「貫《ぬき》」と称し、この貫の次の位置（上の位置）の横木が「島木《しまぎ》」であった。この島木と重なっている（接着している）横木を「笠木《かさぎ》」といって明神鳥居はこの笠木が水平ではなく両端（左右の）で美しく反《そ》っている。

これが明神鳥居の特徴だった。そして水平材「貫」と「島木」の中央位置（中間点《ちゆうかん》）でタテに連結している短柱が「額束《がくづか》」だった。

ここに額《がく》（神社名とかの）を掲《かか》げるのであったが、この稲荷社に額は掲げられていなかった。おそらく白文字で書かれた朱塗りの小柱をそれに代えているのだろう。

西条山城守は鳥居を眺めて動かぬ様子の将軍家綱をその場に残し、鳥居に向かってゆっくりと進んだ。

飛驒守宗冬が油断なく辺りを見まわしている。

山城守が鳥居の手前で一礼して境内へと入って行くと、将軍家綱は口元にチラリと苦笑を浮かべ、ようやくのこと山城守に続いた。

飛騨守宗冬は境内へは入らず、鳥居を背にして立つと、左手を軽く腰の刀に触れ、鋭い眼差《まなざ》しを正面の森に向けて不動であった。

山城守が小さな社《やしろ》——というよりは祠《ほこら》——の前で佇むと、後ろからきた将軍家綱が山城守の前へと回り込んだ。

それを待っていたかのように、山城守が口を開いた。

「上様……」

「なんじゃ」と家綱が体の向きを変えた。

「今年になって実に色色なことが起こり出しましたなあ」

「うむ。不快な上にも不快なことでは三月の水野《みずの》事件の右に出るものはないのう。あれは誠に後味《あとあじ》が悪く思い返すと未だに胃の腑にズンとこたえるわ」

「備後福山《びんごふくやま》藩十万石水野勝成《かつなり》様（一五六四〜一六五一）の御三男成貞《なりさだ》様を父君とし、阿波《あわ》藩主蜂須賀至鎮《はちすかよししげ》様の姫を母君とする譜代《ふだい》の名家に生まれた水野十郎左衛《じゅうろうざえ》門成之《もんなりゆき》（?〜一六六四）。第四代将軍家（徳川家綱）に直参《じきさん》旗本三千石として取り立てられておきながら、その恵まれ過ぎた境遇を幕政に何一つ貢献させようとせず、ただただ好き勝手に不良なる毎日に徹した余りにも愚かな奴……」

「うむ。誠にのう。幕府の品位と威厳を貶《おとし》め、市井《しせい》を恐怖のどん底に陥《おとしい》れたとして不良を極めた旗本水野に対し切腹命令（評定所）が出た（三月二十七日付）のは当然の報《むく》いじゃが、二歳の男児まで死罪と致したのには、今もいささか胸が痛むわ」

「二百石や三百石取りの旗本ではありませぬ。三千石大身旗本家の俸禄《ほうろく》の重みというものは上様……」

「判っておる、判っておるよ貞頼。三月二十七日付の切腹の沙汰《さた》よりも早くに我々三人が江戸を発《た》ったのは、思いやり深いそなたの配慮である事もな。私《よ》を水野家廃絶の不快から少しでも遠ざけようとしたのであろう……その配慮、ありがたいと思うておる」

「ま、不良旗本水野の話は不快でございましょうから、ここまでと致しましょう。幼き頃より上様は心身脆弱《しんしんぜいじゃく》との噂を幕臣の誰彼に言い立てられ、有能なる幕閣重臣を表に立てんがため、ご自身は今日《こんにち》までその背後に静かに控えてこられました。が、その実、柳生新陰流及び馬術、弓道、柔《やわら》などにつきまして将軍の中では最もご熱心に励まれ、また和歌や書道にも長じ、それらのご力量でもって重臣たちを見事にやわらかく抑えておられます。それゆえ上様の今世《いまよ》は、これ迄の初代から四代までの幕政の中では、四代幕政が最も安定し輝いていると私《わたくし》は高く評価いたしておりまする」

「それはのう貞頼。其方《そなた》や宗冬のように、政治《まつりごと》にも文武にも秀《ひい》でた個性的で強い精神を持つ忠臣が、私《よ》を支えていてくれるからじゃ。礼を申すぞ」

「勿体ないお言葉。さ、幕政の一層の安定を稲荷社に祈願いたしましょう」

「うむ、二度と水野のような不良旗本が出ないように、ともな……」

「それは、もう申されまするな」

将軍家綱は体の向きを祠《ほこら》へと戻し姿勢を正して頭《こうべ》を垂れた。

家綱が苦苦しく思っている不良旗本水野十郎左衛門事件とは、十郎左衛門の父親成貞の代からの水野家の家風、いや、「家質《かしつ》」と言っても言い過ぎではなかった。実は父親成貞も血気盛んな若い頃は不良旗本の俗称「かぶき者」としてかなり羽振りを利《き》かせていたのである。

父親がそれだから、後継者である十郎左衛門も同じ道を歩む可能性は幼い頃からあったのだ。父親の背中を見て育ってきたのであろうから。子の育ちは「血筋《ちすじ》」よりも「親背《おやせ》」で決まる、という諺《ことわざ》はこのことを指しているのであろうか。

それはともかく、十郎左衛門は不良旗本（旗本奴《はたもとやっこ》とも）「大小神祇組《だいしょうじんぎぐみ》」の頭領として派手な衣服に長い刀、大形《おおぎょう》で乱暴な言葉遣い、長くのばした揉み上げ、辺りを威圧する大見得《おおみえ》切った歩き様《よう》、などにのめり込んで出仕（御役目・出勤）を怠《おこた》り続けた。これには民百姓のみならず、侍たちさえも恐れて近寄らず、そうこうするうち「こいつあ黙って見ちゃあおれねえ」という人物が現われたのである。

浅草《あさくさ》は花川戸《はなかわど》の町奴《まちやっこ》（任侠の徒）の頭領、幡随院長兵衛《ばんずいいんちょうべえ》であった。

さながら舞台役者のごとき幡随院長兵衛の名はたちまち江戸の民百姓の間で人気を高め、旗本奴と町奴の対立は激化していくのだった（諸説あり）。

そして「人気」という武器の点で著《いちじる》しく劣る水野十郎左衛門はついに幡随院長兵衛の暗殺に及び、この卑劣さによって十郎左衛門は次第に三月二十七日付の切腹・お家断絶へと追い込まれていったのだった。名家に生まれ育ち、何不自由無い中で次第に謙虚《けんきょ》さを失ってゆく己れのその醜《みにく》い姿が見えないままに悲惨な終りを迎えてしまった十郎左衛門であった。

将軍家綱の祈願は随分と長かった。稲荷社の祠《ほこら》に対して一体何を祈っているのであろうか。

直ぐ背後に控える西条山城守は、周囲に目を配って油断が無かった。家綱は、自分と同じように貞頼も祠に向かって祈りを捧げている、と思っているのかも知れない。

ようやく家綱が頭を上げ、そして空を仰いで小さなひと息を吐いた。

「さ、平等寺へ向かいましょう上様」

「うむ。何やら胸の内が晴れたぞ貞頼」

「それは何より。宜しゅうございました」

三人は再び家綱を間に挟むかたちで歩き出した。

何事かが気になり出しているのであろうか、飛騨守宗冬が頻《しき》りに左手森に視線を向けている。

先頭の西条山城守の視線は真っ直ぐに正面だ。そのがっしりとした背中を見つめながら、家綱は口を開いた。

「貞頼よ。其方《そなた》の妻雪代《ゆきよ》の生家《さと》である飛鳥の曽雅《そが》家じゃが、古代大和王朝に君臨せし大権力者、蘇我本宗家の末裔《まつえい》らしいとな」

「我が妻雪代は先祖の血筋がどうのこうのに関しましては全く関心がないようでございまして、余りそれについては話してくれませぬ。と、言うよりは、それについての知識を持ち合わせてはいない、と申し上げた方が宜しいのかも知れませぬが」

「大坂、京の高名な学者たちの研究によって、雪代の生家《さと》である飛鳥の曽雅家と、古代大和王朝に君臨せし蘇我本宗家が、次第に一つの線上に乗りつつある、というではないか」

「なんと。そのような話が、上様のお耳へ既に入っているとは驚きでございまする」

「いやなに、私《よ》の耳に入ってきた内容は、『らしい』という程度に過ぎないのじゃがな」

「で、ございましょう。それの解明には、恐らくまだまだ年月を要しまする。

十年が掛かるか、二十年を要するか……それを確実に証するものが見つからぬ限りは、何とも申せませぬ」

「証するものがのう。ま、確かにそうではあるな」

家綱がそう言って「うん」と独り頷《うなず》いた時であった。前を行く西条山城守が不意に歩みを止めた。

飛騨守宗冬が足を止めたのも、それと殆ど同時だった。

そこは三輪山の森が、道より奥へと弓状に深くさがる形となっており、つまり道と森との間には荒れた畑地の広がりがあった。

森には鹿、猪、猿などが多数棲息《せいそく》しているのであろうか、秋生りの里芋《さといも》らしいのが、そこいら辺りに食い散らかした状態で、散乱している。

二人の剣客の視線は、その荒れた畑を越えた森の一点に集中していた。その森の直前、つまり畑地の尽きる辺りは一面、あざやかな蓮華草《れんげそう》色で覆われている。

「どうしたのじゃ二人とも。山賊でも出るというか……」

そう言って腰の刀に手をやった家綱のやや力んだ姿は、幕臣たちの間で噂《うわさ》されている、ひ弱な「左様《さよう》せい様《さま》」では決してなかった。目の輝きがどこか戦闘的になっている。

「左様せい様」とは、将軍としての意見無く、幕臣の考えのままに政治《まつりごと》を任せてしまう姿勢を指している。

だが飛騨守宗冬も西条山城守も、徳川家綱が決してそのような将軍ではないことを知っていた。真実の「姿」と「能力」を。

家綱は返事の無い二人に、もう一度訊ねた。

「一体どうしたのだ」

「上様……」

と、宗冬が家綱と目を合わせた。声を低めている。

「指を差し示す訳には参りませぬ上様。指をお差しになってもいけませぬ。目でお捉《とら》え下され。荒れた畑の奥向こう右手。ひときわ枝振りの見事な巨木が目立っておりましょう」

「うむ。あれだな。捉《とら》えた」

「その巨木の周囲の雑草の中に、こちらを窺っている幾つもの気配が潜んでございます」

「なんと……獣か……それとも人か」

「判りませぬ。が、用心いたしましょう。貞頼殿、宜しいじゃろ。さ、行きなされ」

「は……」

答えて歩き出した山城守貞頼であった。万石大名である将軍家兵法師範柳生飛驒守宗冬も、さすがに万石に迫らんとする六千石の大身旗本西条山城守貞頼に対しては「殿」を付し親しみを込めて呼ぶことを作法《ならい》としている。ましてや貞頼は近衛師団《このえしだん》の性格で十二組ある大番（頭）の中で公式ではないものの筆頭格（師団長格）と見做《みな》されている。征夷大将軍正二位右大臣徳川家綱の貞頼に対する信頼は絶大だ。

「近衛（師団）」とは、皇家あるいは君主（世襲による国の統治者）の近くに仕えて警衛任務に就くこと、あるいはその任務に就く練度きわめて高い精鋭武団を指して言う。但《ただ》し、これの法改正による正式な初登場は、明治二十四年（一八九一）十二月十四日である。

満開の桜に美しく埋《うず》もれていた三輪平等寺への参詣《さんけい》を無事にすませた三人は、色あざやかな蓮華草《れんげそう》の広がりに挟まれた「来た道」をそのまま戻り出した。いつの間にか麗《うらら》かな春の朝陽《あさひ》は高さを増し、道に映る人影の位置が変わっている。

平等寺までの途中で三人の目にとまった百姓家は大きく間を隔《へだ》てて建っていた三軒のみで、人棲《ひとす》まぬかのようにひっそりと静まり返っていた。おそらく朝早くに野良《のら》（田畑の意）へ出かけたのであろう。

その三軒のうち二軒めに数えられる百姓家は、壊れかかったような古い馬屋《うまや》が何故か通りの半ばまで食《は》み出《だ》していた。蓮華草に挟まれたなごやかな小道は広いところで幅一間ほどしかなかったから、その食み出しは如何《いか》にも意味あり気に思われた。

が、三人にとっては、左程に関心はない。最初に馬屋を回り込むようにして小道の向こうへ後ろ姿を消したのは宗冬だった。

その宗冬の「おお、なんと残雪では……」という驚きの声を聞いて、将軍家綱と貞頼は思わず顔を見合わせた。

「いま残雪と聞こえたな貞頼」

「はい、確かに……なれど今頃」

家綱が先に立って、馬屋を回り込もうとするのを、貞頼は油断なく辺りへ視線を走らせて警戒した。

馬屋を回り込んだ将軍家綱と貞頼は、宗冬と肩を並べるや否《いな》や「なんと……」「まさかに……」と共に茫然《ぼうぜん》となった。

顔を斜めにして見上げた御神体三輪山の其処《そこ》、五合目あたりの山腹が広い範囲にわたって残雪——それこそ真っ白な——に覆われているではないか。わが目を疑うまでもなくそれは、雪としか見えないものであった。

「上様、平等寺へ行く際には気付きませせなんだ……」

それが朝陽《あさひ》を浴びて、目を細めて眺めなければならぬ程に眩しい。

「身が引き締まる程に幻想的な光景じゃな貞頼」

貞頼と家綱が前後して呟き、宗冬が頷いて言った。

「行ってみたいものでございまするな。あの残雪の真っ只中へ」

「同感じゃ宗冬。しかし、この麗かな日和ぞ。雪崩《なだれ》にでも襲われたなら面倒ぞ」

「ひとたまりもありませぬな」

「それにしても、真っ白な残雪と周囲のやわらかな緑の輝きとの対照的な美しさはどうじゃ。息を呑むのう」

家綱がそう言った直後であった。

どこからともなく流れてきたかすかな琴の音《ね》に、三人の表情が「ん?」となる。

「琴……じゃな」

家綱が平等寺の方角へゆっくりと体の向きを変え、貞頼もそれに従ったがしかし然《さ》り気《げ》なく腰の刀へ左手を運んでいた。

宗冬は身じろぎもせず残雪を眺め、その左手はすでに鯉口《こいぐち》を切っている。

宗冬も貞頼も一体何を感じているのか。

旋律は次第に、高く低く、速く緩やかに変化を雅《みやび》に華咲かせながら、聞く者の胸の内へと、ぐいぐい迫ってくる。

将軍家綱の頬が次第に紅潮《こうちょう》しだした。

と、三人の予期せぬ出来事が生じた。それは鍛え抜かれた宗冬と貞頼の油断なき警戒心の間を、いとも簡単にするりと抜けてきたかのような、突然の出来事であった。

「美しい音色《ねいろ》じゃろう」

いきなり嗄《しわが》れた声を掛けられ、流れてくる琴の音に心身を物の見事に奪われてしまっていたのか、三人は三人とも衝撃を受けて我を取り戻した。

なんといつの間にその位置へと近付いたのか、家綱の直ぐ背後に身形貧しい白髪《しらが》の小さな老婆が、にこにこ顔で立っているではないか。それは家綱の背中へ、短刀を前のめりになって深深と突き刺すことの出来るほど、間近であった。

貞頼が我を取り戻すのと、家綱の上腕部をむんずと摑《つか》み様《ざま》、自分の後ろ脇へ引き寄せるのとが殆ど同時。

余程に受けた衝撃が大きかったのであろう。宗冬の顔も、貞頼の表情も強張《こわば》っている。

「これ、驚かすでない、お婆《ばあ》」

「あ、びっくりさせてしまいましたかのう。申し訳ないことじゃった。許してやって下され」

老婆は、にこにことしたまま丁寧に頭を下げた。

「お婆《ばあ》は何処から来たのだ。そこの馬屋の百姓家が住居《すまい》か」

「平等寺の裏山ですじゃ」

「なに。平等寺の裏山は、深い森で人が住めるような所ではないように見えたぞ」

「なあに。子供の頃から住めば、深い森の中であろうと険しい山の中であろうと、住めば都《みやこ》ですじゃよ、お侍様」

「誠に平等寺の裏手に住んでおるのだな」

「誠じゃとも」

「ならば行け。もうよい」

「いま聞こえております琴の音は、この儂《わし》の孫娘が弾いておりますのじゃ」

「なんと。お婆《ばあ》の孫娘が？」

「十二になる。上手《うま》いじゃろう。これは『雪の華《はな》』という調べでございましてなあ」

「なんと、十二でこれだけ弾けるとは驚きじゃ。お婆《ばあ》のその土に汚れた身形は百姓にしか見えぬが、琴をこれほど見事に弾く幼い孫を持つとは、血筋はもしや武家か？」

「なあに昔からの百姓ですじゃ。百姓の孫娘でも一生懸命に学び習えば、難《むつか》しい琴とてあれほど弾けるということじゃよ。百姓を決して軽く見なさいまするなよお侍様」

「武士の昔を辿れば、大方《おおかた》が土仕事《つちしごと》から生まれた血筋ぞ。少なくとも我等三人は百姓を軽く見る積もりはない。毛ほども無い」

「ふぁふぁふぁっ。それはいい心がけでございますな。それからなあお侍様。御神体三輪山の山肌が白く輝いていかにも残雪に見えるところ。あれは雪ではのうて拳《こぶし》（辛夷《こぶし》）の白い花が隙間なくびっしりと咲いておりますのじゃ」

「なに。あれは、なんと拳の花であったか……」

「そいじゃあ、これでのう」

老婆は合掌《がっしょう》して丁寧に腰を折ると、紅紫色の美しい広がりを見せて田畑を覆い隠している蓮華草の中へ、ふわりと入っていった。

そして、四、五間《けん》も蓮華草の中をよちよちと進んで行ったかと思うと、振り向いて真っ直ぐに将軍家綱と顔を合せ、目を細めてやさしく微笑《ほほえ》んだ。

「三輪の拝殿を綺麗にして下されたのう。礼を申しますぞ。さ、早くこの場を立ち去りなされ。間《ま》もなく太陽《ひ》は陰り足元が暗《くろ》うなって鬼の吐く息が靄《もや》となって漂い始めるじゃろう。乳色の世界にとざされて道に迷《まよ》い邪《よこし》まの地に踏み込んでは大変じゃ。さ、帰《い》になされ」

老婆はそう言うと、畑地を三輪山の森の方へと次第に後ろ姿を小さくしていった。

と、家綱が「おお……」と驚きの声を、抑え気味に出した。

「見よ宗冬、貞頼。あのお婆の通った跡を。蓮華草が踏み倒されておらぬ」

「確かに……」

「こ、これは一体……」

三者三様に大きな驚きに見舞われた時であった。畑地の彼方《かなた》を行くお婆の後ろ姿が、すうっと薄まって掻き消えた。

「降臨《こうりん》じゃ宗冬。三輪《みわ》の神《かみ》が天《あま》の世《よ》から舞い下りて来られたのではないのか貞頼」

家綱の言葉に、宗冬も貞頼も答えることが出来ず、確かに目にした不可解な光景に、ただ茫然の態であった。

このとき三人の前後左右——としか言い様のない——で、チリチリという枯れ木の糸枝を折るような小さな音が始まった。それは一本の糸枝ではなく無数の糸枝を折る音の重なりかと思われた。それだけに音の伝わってくる方向が摑《つか》めず、三人は棒立ちのまま、そのまるで蟻《あり》の足音のようなチリチリに囲まれるままに任せるしかなかった。

ただ、宗冬と貞頼はさすがに、棒立ちの姿勢とは言え既に刀の柄《つか》に右の手を触れている。

「お……あれは何じゃ……」

と、家綱が天空の一隅を指差した。

宗冬と貞頼は上様が指差した方角を仰いで顔色を変えた。

乳色の雲が妖しげな鈍《にぶ》い輝き——おそらく陽の光の内包による——を放ちつつ渦巻きながら下りてくるではないか。竜のうねりのようにも見える。

突然、蟻《あり》の足音が三人の背後で、はっきりと激しさを増した。

三人は振り返って絶句した。

風車のように渦巻く乳色の靄が、直ぐそこ、七、八間と離れていない直ぐそこに巨大な壁を築き上げているではないか。

宗冬が「いかぬ……」と抜刀し、上様に飛びかかった貞頼が「伏せて下さい」と抑え込んだ。

たちまち三人は、乳色の靄に呑み込まれて、視界を失った。

「この場を動かずに息を殺して伏せていて下され上様」

「判った」

囁《ささや》き合う二人は、もうお互いの顔が見えなくなっていた。

と、ガツン、チャリン、ガチッと靄の中、直ぐ先で鋼《はがね》と鋼の打ち合う音。

めまぐるしい速さだ。

続いて家綱と貞頼が伏せている脇に、ドスンと何かが落下し、乳色の鈍い輝きの中に無数の大小赤い花が飛び散った。

乳色の鈍い輝きの中であるからこその、鮮明さなのであろう。その赤さはまさしく、くっきりとした夥《おびただ》しい数の朱色の花に見えた。

「何が落下したのじゃ貞頼」

「気になさいまするな」

「いや、しかし……」

家綱は自分の右手脇に半円を描くかたちで手を這《は》わせた。

何かが指先に触れたので、家綱は思い切り腕を伸ばす姿勢を取ってそれを摑んだ。

生温かった。家綱は構わずそれを引き寄せたが濃過ぎる靄がそれを家綱に見させようとしない。

ガツン、チン、チャリンと剣戟《けんげき》の響きが一層激しさを増す。

「まずい……上様。ここを絶対に動いてはなりませぬぞ」

「おう、動かぬ」

家綱は剣戟の響き激しい方角へと、貞頼が脱兎《だっと》の如《ごと》く飛び出して行く空気の泡立ちを捉えた。

家綱は濃い靄の中、右手で摑んだものを胸元へ引き寄せ、両手を這わせるようにしてまさぐった。

「腕……じゃ。まさか宗冬の……」

家綱が宗冬の身を案じてそれを手放したとき、今度は目の前でドスンと地面が鳴った。

これは直ちに両手でもって長い髪らしいものを摑んで引き寄せることが出来た。結構な重さだ。

（襲撃者の頭……か。頼むぞ、宗冬、貞頼。殺《や》られてくれるな）

家綱は胸の内で呟きながら、引き寄せた長髪の頭らしいものをまさぐり「ん？」となった。

（こ奴……何やら面をかぶっているな）と家綱は判断した。角《つの》のようなものが突き出ているらしい面、とまで判って家綱はその面をかぶった頭らしいのを方角判らぬまま思い切り力を込めて投げ捨てた。

「いえいっ」

靄の向こうから貞頼の気合が伝わってくるのと、サパッという聞こえ方がする切断音。鋭利な切っ先三寸で、肉体の柔らかな部分を、凄《すさ》まじい速さで斬ったときの音だ。

乳色の靄の中でまたしても大小朱の花がパアッと咲き乱れ四散する。

安定を欠いたと判る引《ひ》き摺《ず》るような足音がこちらへ近付いてくるのを、家綱は感じた。

伏せたままの姿勢で家綱は抜刀した。

明らかによろめいていると判る足音が、左手の直ぐ先で尚のこと乱れ、そして倒れたと判る音がした。宗冬でも貞頼でもない、と家綱は確信した。

自信のある確信であったから、すかさず家綱は片膝立ちの姿勢を取るや、その気配に向かって刀を無言のまま繰り出した。

豆腐でも貫いたような、やわらかな手応えがあって、「うむっ」と相手が呻《うめ》く。

家綱は刀を二度、抉《えぐ》るようにひねり上げてから引き抜いた。

自分の肩や胸元にバシャッと降りかかってくるものがあって、「血だ……」

と家綱は理解した。意外な落ち着きの中にある自分に、家綱は満足した。これも宗冬や貞頼と真剣で稽古《けいこ》する機会を増やしているからであろうと思った。

チャリンという乾いた音を最後として、剣戟の響きが消えて無くなった。

それを待ち構えていたかのように、「謎《なぞ》」としか言いようのない靄が次第に薄まってゆく。

そして家綱の目に、大刀を右手に提《ひっさ》げてやや肩を怒らせ気味に辺りを見まわしている武炎の剣客二人の姿がくっきりと映り出した。

「大丈夫か。宗冬、貞頼」

家綱はゆっくりと腰を上げて刀を鞘に納め、二人の方へ近寄っていった。その二人の周囲《まわり》に何と累累《るいるい》と骸《むくろ》が転がっている。その数、九体。

「あ、上様。その肩や胸元の血は何となされました」

家綱の方を振り向き見た宗冬が顔色を変えた。

「あれがな……」

家綱は少し離れたところに倒れ込んで既に息絶えている其奴《そやつ》を指差した。

「私《よ》のそばでよろめき倒れ込んだので、靄の中見えぬままに刀を繰り出したのじゃ。その返り血よ。心配致すな」

「それはまた……」

「二人とも怪我《けが》はないか」

「大丈夫でございます」と二人は頷き答えた。

「それにしても妙じゃな宗冬。二人のまわりに転がっておる骸は素面《すめん》じゃが、私《よ》は先程、角付きの面をかぶった頭らしいのを方角判らぬまま投げ捨てたぞ」

　そう言いつつ家綱は辺りを見回したが見つからない。

「おっ……どのような面《めん》であったか判りませぬか上様」

と、宗冬が驚き、貞頼がようやく大刀を鞘《さや》に納めた。

「濃い靄の中じゃったしのう、どの方角へ投げ捨てたものやら……」

「どれ……」

　宗冬も大刀を鞘に納め、三人肩を揃えて四方を見回した。

「おお、あれにある」

　宗冬が畑の中を指差して、小駆けに踏み入った。

「これはまた、相当な力で投げられたものですな上様」と貞頼が苦笑。

「うむ。まあのう……」家綱も苦笑した。

宗冬が頭部から面だけを取って、険しい顔つきで戻ってきた。

それを見て家綱と貞頼は目を見張った。

それは、燻《いぶ》し銀《ぎん》色の長い髪を持つ般若面《はんにゃめん》であった。

それも形相《ぎょうそう》ひときわ凄《すさ》まじい。燻し銀色の長い髪の中から突き出た二本の角《つの》は槍の穂先の如く鋭く、眼《まなこ》は目尻で跳ね上がり、口は耳の下まで三日月状に裂けて唇は朱の色である。

「一体なんじゃ、この面は」

貞頼が顔を顰《しか》め茫然となり、改めて不安を覚えたのであろうか宗冬が足元へ般若面を投げ捨て、刀の柄に右手を触れて辺りを幾度も見まわした。

何を思ったのか貞頼が、散乱している九体の骸の中へと足早に入っていった。

貞頼が一体一体の顔を、片膝ついて覗き込むように検《み》ていく。

そして、家綱と宗冬の前に戻ってきた。

「上様。向こうの九体も間違いなく面《めん》で顔を覆っていたようでござりまする。

顔の皮膚にはっきりとその痕跡が見られます」

「そうか。すると襲撃者の数は更に多くあって、其奴らが逃《のが》れ去る際に骸の般若面をいち早く剝《は》ぎ取ったのやも知れぬな」

「だとすれば襲撃者は、あの乳色の靄の中で充分に物が見えていた、ということになりまするが」

「無論そうであろう。鍛練《たんれん》してそのような眼力《がんりき》を身に付けたのかどうかは判らぬが、見える能力を有するがゆえに我我三人に襲い掛かってきたのじゃ」

「なるほど……上様の仰《おつしや》る通りかも知れませぬ」

「いずれにしろ上様……」

と、宗冬が返り血で汚れた我が身に顔を曇らせ、

「この血汚れの着物では、聖なる大神神社へ引き返す訳には参りませぬ。そこでじゃ貞頼殿」

宗冬が貞頼と目を合わせると、「判り申しました」と貞頼は阿吽《あうん》の呼吸で頷いてみせた。

「この界隈の百姓家で野良着を分けて貰い、我が妻雪代の生家《さと》である飛鳥村の

曽雅家へと足を向けることに致しましょう。曽雅家の者は皆、教養と常識に豊かでありまするから、上様の忍び旅について、あれこれと干渉《かんしょう》するようなことは万が一にもありませぬでしょう」

「そうか。そうしてくれるか。百姓家から譲り受ける野良着については、きちんとした応分の支払い、いや、応分以上の支払いを忘れてはならぬぞ。百姓にとって野良着は非常に大切なものじゃから」

「はい。心得ておりまする。その点については、お任せ下され」

貞頼が答えて、ようやく表情を緩めたときであった。女たちの明るい笑い声が何処からともなく伝わってきた。

しかも、こちらに向かって近付いてくる様子だ。

宗冬が迷うことなく足元の般若面を拾いあげて、返り血の目立つ自分の胸元へ捩《ねじ》込ませて言った。

「骸を片付けている余裕はございませぬな上様」

「仕方があるまい。骸を見つけた百姓たちは仰天《ぎょうてん》して直ぐにも役所へ届けるじゃろう。宗冬はこのあと奈良奉行とうまく連絡を取り合うように」

「御意」

「まずいぞお前たち。女たちの笑い声は間違いなくこちらへと近付いてくる。今年の秋の実りはよい、とか言《ゆ》うておるようじゃから、この三輪の里の者ぞ」

「ひとまず林の中へ姿を隠すしかありませぬな」

「さ、こちらへ、上様」

貞頼が通りの直ぐ右手の林に一礼してから、その中へと踏み込んでいった。一礼したのは、もちろん御神体三輪山の林だからである。

家綱も三輪山に向かって姿勢正しく合掌してから、少し慌て気味に貞頼の後に続いた。

宗冬は、いよいよ近付いてくる女たちの明るい話し声と笑い声の方角へほんの少しの間、鋭い目を向けていたが、そのあと御神体に深深と頭《こうべ》を垂れ、四代将軍の後に続いた。

道の南詰めの角に、野良着の女たちが明るい陽差しの中へ笑顔で現われた。


（完）

「門田泰明時代劇場」刊行リスト

ひぐらし武士道
『大江戸剣花帳』（上・下）
徳間文庫　平成十六年十月
光文社文庫　平成二十四年十一月
徳間文庫（新装版）　令和二年一月

ぜえろく武士道覚書
『斬りて候』（上・下）
光文社文庫　平成十七年十二月
徳間文庫　令和二年十一月

ぜえろく武士道覚書
『一閃なり』（上）
光文社文庫　平成十九年五月

ぜえろく武士道覚書
『一閃なり』（下）
光文社文庫　平成二十年五月
徳間文庫　令和三年五月
（上・中・下三巻に再編集して刊行）

浮世絵宗次日月抄
『命賭け候』
徳間書店　平成二十年二月
徳間文庫　平成二十一年三月
祥伝社文庫　平成二十七年十一月
（加筆修正等を施し、特別書下ろし作品を収録して『特別改訂版』として刊行）

ぜえろく武士道覚書
『討ちて候』（上・下）
祥伝社文庫　平成二十二年五月
徳間文庫　令和三年七月

浮世絵宗次日月抄
『冗談じゃねえや』
徳間文庫　平成二十二年十一月
光文社文庫　平成二十六年十二月
（加筆修正等を施し、特別書下ろし作品を収録して『特別改訂版』として刊行）
祥伝社文庫　令和三年十二月
（上・下二巻に再編集して『新刻改訂版』として刊行）

浮世絵宗次日月抄
『任せなせえ』
光文社文庫　平成二十三年六月
祥伝社文庫　令和四年二月
（上・下二巻に再編集し、特別書下ろし作品を収録して『新刻改訂版』として刊行）

浮世絵宗次日月抄
『秘剣 双ツ竜』
祥伝社文庫　平成二十四年四月

浮世絵宗次日月抄
『奥傳 夢千鳥』
光文社文庫　平成二十四年六月
祥伝社文庫　令和四年四月
（上・下二巻に再編集して刊行）

浮世絵宗次日月抄
『半斬ノ蝶』（上）
祥伝社文庫　平成二十五年三月

浮世絵宗次日月抄
『半斬ノ蝶』（下）
祥伝社文庫　平成二十五年十月

浮世絵宗次日月抄
『夢剣 霞ざくら』
光文社文庫　平成二十五年九月
祥伝社文庫　令和四年六月
（上・下二巻に再編集して『新刻改訂版』として刊行）

拵屋銀次郎半畳記
『無外流 雷がえし』（上）
徳間文庫　平成二十五年十一月

拵屋銀次郎半畳記
『無外流 雷がえし』（下）
徳間文庫　平成二十六年三月

浮世絵宗次日月抄
『汝 薫るが如し』 光文社文庫 平成二十六年十二月
祥伝社文庫 令和四年八月
(上・下二巻に再編集して『新刻改訂版』として刊行)

浮世絵宗次日月抄
『皇帝の剣』(上・下) 祥伝社文庫 平成二十七年十一月
(特別書下ろし作品を収録)

拵屋銀次郎半畳記
『俠客』(一) 徳間文庫 平成二十九年一月

浮世絵宗次日月抄
『天華の剣』(上・下) 光文社文庫 平成二十九年二月

拵屋銀次郎半畳記
『俠客』(二) 徳間文庫 平成二十九年六月

拵屋銀次郎半畳記
『俠客』(三) 徳間文庫 平成三十年一月

浮世絵宗次日月抄
『汝よさらば』(一) 祥伝社文庫 平成三十年三月

拵屋銀次郎半畳記
『俠客』(四) 徳間文庫 平成三十年八月

浮世絵宗次日月抄
『汝よさらば』(二) 祥伝社文庫 平成三十一年三月

拵屋銀次郎半畳記
『俠客』(五) 徳間文庫 令和元年五月

浮世絵宗次日月抄
『汝よさらば』（三）　祥伝社文庫　令和元年十月

『黄昏坂七人斬り』　徳間文庫　令和二年五月

拵屋銀次郎半畳記
『汝　想いて斬』（一）　徳間文庫　令和二年七月

浮世絵宗次日月抄
『汝よさらば』（四）　祥伝社文庫　令和二年九月

拵屋銀次郎半畳記
『汝　想いて斬』（二）　徳間文庫　令和三年三月

浮世絵宗次日月抄
『汝よさらば』（五）　祥伝社文庫　令和三年八月

拵屋銀次郎半畳記
『汝　想いて斬』（三）　徳間文庫　令和四年三月

本書は平成二十六年に光文社より刊行された『汝 薫るが如し 浮世絵宗次日月抄』を上・下二巻に再編集し、著者が刊行に際し加筆修正したものです。

一〇〇字書評

切・り・取・り・線

購買動機（新聞、雑誌名を記入するか、あるいは○をつけてください）

□（　　　　　　　　　　）の広告を見て
□（　　　　　　　　　　）の書評を見て
□ 知人のすすめで　　□ タイトルに惹かれて
□ カバーが良かったから　　□ 内容が面白そうだから
□ 好きな作家だから　　□ 好きな分野の本だから

・最近、最も感銘を受けた作品名をお書き下さい

・あなたのお好きな作家名をお書き下さい

・その他、ご要望がありましたらお書き下さい

住所 〒

氏名　　職業　　年齢

Eメール ※携帯には配信できません

新刊情報等のメール配信を 希望する・しない

この本の感想を、編集部までお寄せいただけたらありがたく存じます。今後の企画の参考にさせていただきます。Eメールでも結構です。

いただいた「一〇〇字書評」は、新聞・雑誌等に紹介させていただくことがあります。その場合はお礼として特製図書カードを差し上げます。

前ページの原稿用紙に書評をお書きの上、切り取り、左記までお送り下さい。宛先の住所は不要です。

なお、ご記入いただいたお名前、ご住所等は、書評紹介の事前了解、謝礼のお届けのためだけに利用し、そのほかの目的のために利用することはありません。

〒一〇一-八七〇一
祥伝社文庫編集長　清水寿明
電話　〇三（三二六五）二〇八〇

祥伝社ホームページの「ブックレビュー」からも、書き込めます。
www.shodensha.co.jp/bookreview

祥伝社文庫

汝《きみ》 薫《かお》るが如《ごと》し（下）新刻改訂版《しんこくかいていばん》　浮世絵宗次日月抄《うきよえそうじじつげつしょう》

令和 4 年 8 月 20 日　初版第 1 刷発行

著　者　門田泰明《かどたやすあき》

発行者　辻　浩明

発行所　祥伝社《しょうでんしゃ》
東京都千代田区神田神保町 3-3
〒 101-8701
電話　03（3265）2081（販売部）
電話　03（3265）2080（編集部）
電話　03（3265）3622（業務部）
www.shodensha.co.jp

印刷所　萩原印刷
製本所　ナショナル製本
カバーフォーマットデザイン　かとうみつひこ

Printed in Japan ©2022, Yasuaki Kadota　ISBN978-4-396-34834-2 C0193

浮世絵宗次、
天下に凛《りん》たる活人剣！

新刻改訂版
冗談じゃねえや
浮世絵宗次日月抄
〈上・下〉

謎の辻斬りが、剣法皆伝者を斬り捨てた——
市井《しせい》で苦しむ人人のため、
卑劣な悪を赦《ゆる》さぬ誅罰《ちゅうばつ》の一刀が閃《ひらめ》く！